La Silla con el Manto Rojo

Derechos de autor © 2025 ClassicReadings

Primera edición: Febrero 2025

Publicado por ClassicReadings

Plano, TX.

ISBN 9798870635613

PROLOGO

En las páginas de *La Silla con el Manto Rojo*, la familia Molero Pereira se convierte en el reflejo de una historia vivida entre alegrías, sacrificios y emociones compartidas. A través de generaciones, vemos cómo esta familia común enfrenta las tradiciones que marcaron su existencia: el peso de preservar el apellido con honradez, la presión de una sociedad que veía en la mujer un ser destinado al matrimonio a una edad temprana. La silla, con su manto rojo, es el testigo mudo de este caminar, pasando de una generación a otra, siempre presente en los momentos clave, guardando recuerdos, dolores y también victorias.

Este relato, que se extiende a través del tiempo, no solo captura la lucha por mantener vivas las costumbres, sino también la valentía de romper con ellas. Los Molero Pereira enfrentan la evolución de sus propios valores, eligiendo con valentía su futuro frente a lo impuesto por generaciones anteriores. La silla con el manto rojo, más que un objeto, se convierte en un símbolo de resistencia y de transición, un punto de encuentro donde las historias de amor, desilusión, esperanza y superación se entrelazan.

Lo que comienza como la crónica de una familia que lucha por superar las ataduras de un pasado rígido y lleno de expectativas, se transforma en una reflexión universal sobre la evolución humana. Cada cambio, cada decisión, se ve reflejada en la silla que, con su manto rojo, nos recuerda que la memoria de los ancestros es una carga, pero también un tesoro que da forma a quienes somos.

ÍNDICE

En ese rincón, de una sala amplia decorada a lo tradicional, sin grandes lujos, de una casa clase media, que por momentos contó con buenos recursos, en otros no tanto, pero siempre impecable, siempre estuvo esa silla de madera con un manto rojo que caía al asiento desde su respaldar, era linda con ese marrón color caoba y el rojo carmesí del terciopelo de su época, tras largos años, es una reliquia, pasando de generación en generación cuidándola como un tesoro, en ella los recuerdos, los sueños, los logros y hasta la herencia que pasó de mano en mano hasta estos días, reliquia tan valiosa donde se guarda un apellido, una larga tradición familiar.

Eran los años 20, con el ruido de una primera guerra mundial un país con una dictadura colonialista y un Charleston que se bailaba como distracción y festejo de la época, haciendo de aquel país uno de tantos que miraron de lejos aquel enfrentamiento bélico europeo innecesario causado por un motivo efímero, baldío, con muertes y desastres innecesarios.

Allí en ese ambiente la joven Margarita, hija de Jesus y Josefina Pereira, con apenas 8 años quedó huérfana, su madre Josefina, esas matronas del ayer dedicadas a tener una familia numerosa, después de 8 partos, en su nuevo embarazo falleció en manos de su matrona, fue un parto difícil, era ella o él bebe, y fue ella quien decidió entregar su vida.

Sus 8 hijos quedaron en manos de sus 2 hermanas quienes se los dividieron quedando Margarita con su madrina quien siendo infértil la crio con mucho amor y dedicación.

En tanto que los 5 varones y Alicia los recibió la tía Julia, en condiciones económicas poco holgada.

Ella, Consuelo, y su esposo Jesús, los padrinos de Margarita, heredaron aquella silla siempre adornada con su manto rojo ocupando un espacio especial, primero en el cuarto principal y más tarde colocada en la sala como testigo de la vida familiar en ese tiempo con pocas diversiones para cumplir con las faenas diarias, criar a sus numerosos hijos, así se lograban familias numerosas que parecían competir en eso de legar un apellido para varias generaciones.

Margarita siempre fue linda, de piel blanca, cabello negro encrespado, dientes perfectos y unos ojos que enamoraban a sus compañeros de la escuela donde aprendían a leer, escribir, sumar, restar y multiplicar, aun nada de historia, ni geografía, ni materia alguna.

Así era la educación en esos días, de un machismo férreo, la mujer estaba para servirles, solo a ellos, sus esposas poco o nada sabían de sexo, era tabú para ellas, solo había relaciones para tener hijos, entre más mucho mejor, si eran varones aleluya decían los padres se conserva el apellido tan cuidado en moral y honestidad, si eran hembras había palabras como "un apellido que se pierde", pero sin embargo sin ellas no hubiera generaciones, ni numerosos descendientes que garantizaran la continuidad y el árbol genealógico que con tanto orgullo lo mostraban.

Así eran esas familias de esos años 20, así la sociedad de entonces, nos referimos a esa era de países subdesarrollados, llamados del tercer o cuarto mundo, llegar a un segundo mundo era cuesta arriba mucho más en países que tardaron en su independencia como este donde Margarita y su familia, nacieron y crecieron con más penurias que glorias, pero eso sí, con honestidad, no importa la circunstancia, había que ser honesto, jamás ser señalado y tener que bajar la cabeza frente a otros.

Margarita, tuvo la fortuna de que sus padrinos, sus padres sustitutos, contaban con buena posición económica, recibiendo una educación más clase media alta, que la clase media catalogada en el renglón más bajo.

No fue la misma suerte de sus hermanos, los 5 varones y su hermana Alicia quienes además de criarse separados no contaron con los mismos recursos por lo tanto sin el mismo nivel, ni social, ni educativo.

En ese entonces las hembras desde los 13 años ya podían casarse, poco les importaba a sus padres, porque perdían sus apellidos, lo importante era con quién contraerían matrimonio, debían ser hombres de buena familia con reputación intachable, no tanto por su riqueza económica, eso se aplicaba a los burgueses, a las otras clases. lo importante era la conducta intachable, sin vicios, ni maculas en su salud y contar con una profesión que les garantice la manutención honradamente.

Así eran las exigencias en esa era, exigencias que fueron perdiendo vigencia en el tiempo y espacio de la sociedad donde crecieron y desarrollaron las descendencias de Margarita, su hermana Alicia y sus 5 hermanos varones a quienes la vida los envió por rumbos muy diferentes.

Mientras ellos crecían en aquel rincón de la tía Julia donde se criaron Marcos, Tulio, Evaristo, José Luís, José Antonio y Alicia en una casa sencilla a orillas del lago del pueblo, estaba la silla color caoba con su manto rojo, que luego heredó la tía Consuelo, donde vivía Margarita.

En ella estaba prohibido sentarse, era solo de adorno, era una reliquia, orden estricta de la tía, jamás quería ver a alguien, incluso a su esposo sentado allí, si así lo hacían los sobrinos 2eran castigados de cualquier manera.

Los chicos, en varias oportunidades se quedaban sin cenar, desobedecían a la tía, y ella en señal de lo prohibido que es sentarse en esa linda silla, le diseñó un nuevo manto color rojo intenso, era el "prohibido" sentarse. Y fue así como aquellos jóvenes entendieron la orden y la decisión de un "no" usar.

Efectivamente, a partir de ese nuevo manto rojo que decorativamente le colocó la tía Consuelo, cambiándola por la descolorida, nadie se sentaría, ella así la deseaba conservar para la generación siguiente. Tal como fue.

Así definitivamente, la linda silla, para sentarse no fue, eso estaba prohibido, pero, quedó en ese rincón como testigo de cuantas historias unas buenas, otras trágicas y otras penosas, se vivieron entre esas cuatro paredes de una sala amplia, con paredes muy altas, siempre blancas, destacando aún más el color rojo carmesí de aquel manto de terciopelo hecho a mano por la dueña de la casa, en ese entonces, la tía Julia.

Tulio y Marcos fueron creciendo, educados, decentes y con un ejemplo de honestidad impecable, aprovechando que el gobierno de entonces decretó que la educación en todo el país y hasta en las universidades era gratuita, estudiaron y fueron profesionales como doctores en Farmacia uno y en Derecho Legal, el otro.

Sus otros hermanos: Evaristo, José Luís y Jesús Antonio, sin profesión definida, pero trabajando como contador y comerciantes, y sacerdote el ultimo, mantuvieron el apellido paterno Pereira tal como fueron criados, impecable, digno de ser heredado.

No todo sería así, las historias de sus descendientes fueron otras muy distintas. Todo ellos los Pereira Montiel, 5 varones, y sus propios hijos llevaron sobre sus hombros el pecado de haber manchado el prestigioso apellido, aquel impecable árbol genealógico, siendo testigo fiel de todo, esa silla con el manto rojo que continuaba aún en el rincón de la casa de la tía Julia.

Aquellas historias vividas o comentadas por algunos de ellos quedarían para siempre en esas paredes altas y blancas, en aquella silla de manto rojo y en aquellos descendientes que contribuyeron a las historias por ellos aquí escrita.

HABLA EL DESTINO

Eran las 8 de la noche en aquel pueblo entre la oscuridad y los pocos luceros en sus calles, cuando corre la terrible noticia, se hundió la Piragua Isabel, se hundió la Piragua Isabel, gritaban los niños, jóvenes y adultos, y hasta las mujeres, aquello que corría como pólvora de una casa a otra, lanzó al pueblo hacia el muelle ciento de familiares temían por la vida de los suyos, allí en esa embarcación iban hermanos, primos, tíos, padres, novios y demás.

Es una gran tragedia. Llega la última noticia desde las autoridades del muelle: "No hubo sobrevivientes, todos están en las profundidades del lago, el exceso de peso hundió a la Piragua Isabel"

Minutos antes de esa increíble noticia, Margarita, había despedido a su comprometido a Adán Molero, quien debía trabajar al siguiente día en el puerto.

Ella desesperada gritaba la muerte de su novio mientras corría por aquellas calles colmadas de mujeres y niños llorando, eran 150 los fallecidos, entre ellos estaba el amor de su vida con quien se casaría en dos meses, allí en el fondo de esas profundas aguas estaba junto a todos esos cuyos familiares lloraban y exigían por sus cadáveres.

La Piragua Isabel no solo llevaba pasajeros demás, también el habitual cargamento de alimentos que comercia en los mercados del puerto que fue aumentado por las festividades del santo patrono.

Todo ese peso fue demasiado para la pequeña embarcación que colapso en medio del lago de manera súbita, sin dar aviso, sin hundirse lentamente, de un solo golpe cayó en las profundidades de aquel lago oscuro y sin auxilio cercano.

Margarita lloraba desesperada en los brazos de sus padres, cuando escucha que alguien grita: "me salve, me salve" y aquella voz era conocida, esa que contaba lo sucedido.

Al llegar al muelle, dijo a los muchos que lo rodeaban en su narrativa, que al llegar al muelle ya la Piragua había zarpado, entonces un amigo que vio que perdía el viaje le gritaba: "salta, salta, qué si puedes", lo intentó, pero ya no la alcanzaba, le dijo adiós levantando la mano, prefirió quedarse hasta el día siguiente.

Me salve, Dios me salvó, agregó aquel caballero que era precisamente el novio de Margarita: Adán Molero, quien debió partir en esa Piragua y no llegó a tiempo.

En medio de aquella multitud, casi la mitad del pueblo Santa Cruz, Adán corrió en busca de su amada, de Margarita quien desconsoladamente lloraba sobre el hombro de su padre que la consolaba.

Margarita, tu novio está allí, indicando hacia la esquina de la calle, le dijo una vecina, al momento de escucharla gritar mientras lo llamaba.

Su encuentro emotivo, amoroso y entre lágrimas fue aplaudido por los pobladores, según las ancianas del pueblo, era un presagio: ese matrimonio sería feliz y duradero, fue escogido por Dios, según las creencias del momento.

El destino habló, se pronunció, tenían y debían unir sus destinos, tendrían una prolífera familia y serían felices por todos los años juntos.

Se trataba de Adán Molero, quien uniría su destino a Margarita Pereira, comenzando así la dinastía Molero Pereira.

LOS RELOJEROS

Joven español de unos 16 años, rubio, de ojos azules, todo un adonis, según las chicas de los entonces años 20 y 30, llegó al pueblo por el ruido que hizo en el mundo el país donde brotó el aceite negro mejor conocido como petróleo.

Esa noticia de cientos de inmigrantes colmó al pueblo de los padres de Margarita Pereira eran chicos que buscaban un mejor futuro, un camino por donde transitar y de ser así echar raíces con una familia con muchos hijos, sobre todo varones, para mantener el apellido Pereira, importante en el país de donde proceden mermado por una guerra que dejó miles de muertos en su mayoría hombres.

Aquel joven español era Luis Molero, el futuro padre de Adán quien no llegó con las manos vacías, trajo conocimientos sobre relojería, enseñanza legada de su padre, fallecido en esa guerra injusta para España.

Luís, encantado del pueblo donde llegó, con gente amable, razas de todo un poco, surtida de buena comida, sobre todo productos de la tierra, así no hizo mucho esfuerzo para formar un hogar, total la chica que eligiera lo aceptaría era agradable de físico y espíritu.

A los 18 años, conoció en la plaza del mercado a una indígena Esther Villalobos, chica hermosa, de pequeño tamaño para él quien como europeo pasaba del metro setenta, pero por ella cautivado y sin pasar mucho tiempo, unieron sus vidas.

El, buen y decente caballero la hizo feliz, tuvo 12 hijos, pero en su mayoría hombres, hecho que ha sido de mucho agrado por aquello de conservar el apellido, es decir, Molero, a quienes poco a poco fue formando en la relojería profesión que les daría a todos ellos para vivir en un futuro y así fue.

Fueron 8 relojeros su legado al pueblo y al país donde cumplió su deseo con una familia numerosa con 12 hijos, 10 hombres, 2 mujeres.

Una familia de relojeros que en esos años eran muy solicitados y más el caballero y señor Luís Molero que avanzó como relojero a joyero conociendo de piedras preciosas, oro, plata y hasta diamantes.

Entre esos bien criados hijos por una indígena y un español, está Adán Molero, quién conoció de relojería con bastante precisión, sin embargo, buscando una mejor profesión, le tomó amor a los números estudiando contaduría por dos años en la universidad, ocupando más tarde el cargo de contador del puerto más importante de la región por aquello del petróleo y exportación de productos de la tierra. Sus conocimientos en relojería y joyería le servirían más adelante.

EL ENCUENTRO

Se realiza la fiesta patronal en honor a San Judas Tadeo, el pueblo todo adornado en sus calles principales, en cada casa las ventanas y puertas decoradas, las chicas con sus mejores vestidos, los jóvenes igualmente con la elegancia del momento, con sus sombreros de pajilla con el color de acuerdo al traje que lucían, zapatos brillantes y en fin todos, hombres y damas a la moda, con elegancia es la fiesta más importante, pero también la oportunidad de conseguir pareja, siendo la edad desde los 14 años para las damas y 18 para los jóvenes varones.

Eras las 5 de la tarde, Margarita, acompañada de su madrina Consuelo, se paseaban por los alrededores de la iglesia, siempre tomadas de la mano, era la costumbre, las chicas nunca solas siempre con algún acompañante, bien la madre o el padre. Un hermano generalmente no, por confundirlo con un novio y eso no era permitido.

Las reglas de sociedad en esos años eran muy estrictas, aun lo son, pero en esos momentos la realidad era otra.

El prestigio de una chica se cuidaba como el mayor de los tesoros, una chica desprestigiada por cualquier pequeñez les era difícil conseguir novio o esposo, por ello, andar tomadas de la mano por alguno de sus familiares más cercanos.

Así se encontraba Margarita por los alrededores de la iglesia San Judas, vestía un traje en encaje blanco con una cinta azul alrededor de su cintura, de manga corta con un adorno azul en su alrededor, de cuello tipo camisa y un collar de perlas que hacía resaltar una pequeña parte de su pecho.

En la cabeza un cintillo con un pequeño lazo en su lado derecho. Su pelo suelto, negro intenso, resaltando aún más su bello adorno en la cabellera.

Todo joven la saludaba, otros se atrevieron a seguirla por un pequeño rato en busca de atención, pero nada Margarita o Rita en diminutivo, como le dicen su más cercanos primos, tíos y amigas, los miraba o sonreía.

No era ella muy agradable, algo retraída si, tal vez por la rigidez como la educaron sus padrinos Consuelo y Jesús.

Pasando cerca de uno de los kioskos donde vendían comida y refrescos, un joven medio borracho, trató de tomarla por un brazo, separando a Margarita de su madrina, ella gritó, pero el joven insistía en tomarla del brazo, y es en ese momento cuando interviene Adán Molero, chico rubio, de ojos inmensos azules, bien vestido, bien peinado y perfumado.

Toma por un brazo al joven agresor, lo empuja con fuerza, cae al piso y Adán llama al policía de la esquina, explica la falta de respeto a la señorita y su señora madre y así nomás se llevaron al borracho, en tanto Adán les pide disculpa a las dos damas, da su nombre y les pide permiso para acompañarlas en su paseo evitando un nuevo acto como ese.

A Margarita aquel joven Adán, le agradó, para ella era lindo, educado y caballero. Fue ella quien le dio el "si" y las acompañó conversando sobre la vida de San Judas, gustando el tema a Consuelo, bonita manera para ganarse el agrado de la doña y así también a la hermosa joven que lo cautivó.

Al final del paseo, y las agradables conversaciones, Adán las acompañó hasta su casa y se despidió besando la mano de ambas damas, otro gesto de joven educado, característico de una buena familia.

Dejó una grata impresión en ellas, y así lo conversaron con Jesús, explicando la manera tan educada como las defendió de aquel borracho grosero.

Desde ese día Adán pasaba todas las tardes por el frente de la casa de Margarita, nunca la vio, por ello al sexto día, se llenó de valor, tocó la puerta de la casa, parado sobre el segundo escalón de la pequeña escalera.

Nadie respondió, volvió a tocar un poco más fuerte, esperaba tener más suerte, aquella chica lo cautivó de tal manera que no podía dormir bien, tenía que verla nuevamente, hablar con ella.

Espero unos minutos, quienes por allí pasaban se lo quedaban mirando, sabían que Jesús su padrino y padre adoptivo, es muy estricto con sus amistades, es decir, Margarita no tiene amigos, solo amigas.

Para sorpresa de ellos y otros, Jesús abrió la puerta, Adán temblando de nervios, lo saludo como un caballero, se quitó el sombrero, lo colocó bajo el brazo y se inclinó dando las buenas tardes, esperó la repuesta, no la hubo sencillamente Jesús, lo invitó a pasar ante el temor y asombro de él y las damas que esperaban al final de la sala principal.

Temeroso, nervioso y lentamente, entró al salón muy bien decorado para la época, con papel tapiz en color morado claro, muebles de caoba marrón claro, cojines en beige, mesas con jarrones de flores y muñecas de cristal demostrando la posición económica de la familia.

Jesús, le señaló la poltrona donde sentarse, él se sentó a un lado y frente a ellos, en el sofá de tres puestos, las dos, Margarita y su madrina.

Diga, joven ¿por qué toca nuestra puerta?, le pregunta Jesús Pereira.

Buenas tardes, le responde, me llamo Adán Molero, soy hijo de Jesús Molero y Esther Villalobos, soy contador y trabajo en los muelles del pueblo. Le solicito permiso para visitar a su hija, los días que usted disponga.

¿Usted conoce a mi hija Margarita?

"No señor, la vi junto a su señora madre en la fiesta del pueblo, deseo conocerla si soy del agrado de ella y de ustedes sus padres". Les responde muy educado, mientras trata de disimular el temblor en sus piernas producto de sus nervios.

Adán, en todo momento mantuvo su mirada en la joven Margarita quien también le sonríe en señal de agrado.

Jesús, notó las miradas de ellos dos, y teniendo ella casi los 15 años, le preguntó, ¿si está de acuerdo en ser visitada por el señor Molero?

Ella da un sí con los labios y la cabeza.

En ese caso, joven Molero, puede visitarla los fines de semana, estoy entendiendo usted viaja en la piragua desde la ciudad donde están las oficinas del muelle.

Efectivamente así es señor Pereira, atravieso el lago para llegar hasta este lado. Agradezco su gentileza, estaré los viernes a las 5 de la tarde, sábado y domingo, si me acepta.

¿Me permite conversar un minuto con su hija?

Jesús miro a su hija, en señal de aprobación. Ella asintió con la cabeza, y así por primera vez Adán y Margarita conversaron, mostrando un amor a primera vista, sentimiento no muy común en esa sociedad de entonces.

Desde ese día, Adán acudió puntualmente a sus citas con la hermosa chica de los Pereira, quien le robó el corazón y solo pensaba en ella y el fin de semana para visitarla.

Ese amor fue tan profundo entre ellos dos, que no tardó Adán muchos meses, solo 4 para pedirla en matrimonio y así fue a los 16 años ella y él con 19 quedaron comprometidos formalmente.

Aquel incidente de la Piragua Santa Isabel donde Dios le permitió quedar a salvo de tan terrible tragedia, que ocurrió días después, apresuró la fecha del matrimonio y un 22 de mayo Adán y Margarita unieron sus vidas para siempre, tal como se lo dijo el sacerdote en la iglesia San Judas Tadeo.

Siendo Margarita una de las dos hijas hembra de los Pereira recibió como herencia familiar la silla con un nuevo manto rojo colocado precisamente como regalo de bodas para la feliz pareja.

Sus hermanos a quienes veía constantemente a pesar de estar separados luego de la muerte de su madre, no se opusieron a esa decisión de la tía Julia quien hasta ese momento conservó como nueva aquella silla de caoba, firme emblema de la familia.

DIAS CUALQUIERA

Rita, es el diminutivo de Margarita, así le decía Adán desde aquellos apasionados días de luna de miel y a ella le agradaba, pero con el tiempo no fue así, sencillamente no fue más.

En la fogosidad de tan bellos días, a los 16 años comenzó a gestar a su primer hijo o hija en aquellos tiempos de parir en casa, con parteras, con abuelas o con su propia madre.

Para ella esos 9 meses fueron de mucho temor, es demasiado joven para tan grande responsabilidad, pero no quedaba más remedio, tenía que seguir adelante siempre con la ayuda de su madrina Consuelo quien la mantuvo todo el tiempo bajo mucho cuidado, buena alimentación y nada de sobresaltos, como decían entonces a los temores o sustos.

Eran días cualquiera en un hogar de recién casados, de dos jóvenes con mucho amor, pero también temor al desconocer los días como padres de un bebe en ese país con poca ayuda tanto para las madres, como para los propios hijos recién nacidos y así seguían los días, semanas y meses en los recién casados y ahora recién padres con el único apoyo de Consuelo la madrina y madre y ahora abuela.

Esos días cualquiera, continuaron igual en ese hogar de los Molero Pereira, familia que creció muy rápido con 3 hijos de ellos 2 varones y 1 hembra donde los días le transcurrían entre la relojería y el hogar.

En tanto los hermanos de Adán tomaron rumbos diferentes, pero, siempre relacionados a los relojes, a las joyas, al trabajo con oro y así sus ingresos fueron suficientes para una vida de la clase media alta.

¿Y cómo eran los días cualquiera en la familia, en los hermanos de Margarita?

Los Pereira, 6 hombres que resultaron unos honrados, otros no tanto y aquella solitaria Adela, la hermanita menor de Rita, en un internado desde los 10 años cuando su padre para sacarla de ese ambiente entre tantos hombres, la inscribió en un colegio de monjas, hermanas españolas de la congregación Santa Ana, hasta que llegara a los 18 años.

Ellos tomaron cada uno sus propios caminos, distanciándose de su hermana Margarita quien por haber sido acogida por su madrina y no estar al lado de sus hermanos se perdió la familiaridad abocándose ella a su hogar, atender a su esposo y a sus tres hijos.

Eran los años 40-50, aquellas dos familias la Molero Villalobos y la Pereira Matheus, por rumbos diferentes, crecieron en todo: en tamaño, en estudios, en sus trabajos y también en problemas, unos peores que otros.

Aquello de casarse a partir de los 14 años las chicas y a los 18 los chicos, fue pasando al pasado en esos días cualquiera que se volvían rutina, por momentos fastidiosos y aburridos.

No siempre sería así, a medida que pasaban los días y los años   llegaron los conflictos y siempre como testigo la silla con el manto rojo en la casa de Adán y Rita donde convergen las familias y los conflictos...

DOLOR Y DECEPCIONES

Todo ese cuido del escudo y el árbol genealógico que llenaban de orgullo a las familias de entonces pasaron a la historia cuando en los años 70 y 80 las generaciones del momento les importó un bledo todo aquello y ellos no sacrificarían sus vidas en una tediosa cultura familiar que mantenía encarcelado los verdaderos deseos y ansias del disfrute de todo lo que ofrecía la vida moderna, la tecnología que comenzaba a tomar la atención de los jóvenes por igual, fueran hombres o mujeres.

Principalmente fueron las mujeres de esa época quienes gritaron Libertad y soltaron las riendas de sus deseos, de sus sueños, de sus amores cargado todo no de libertad, sino de libertinaje, libertinaje del puro donde se compararon con la de los hombres y de aquel cambio aquella silla con el manto rojo fue claro testigo, como un símbolo del pasado opresor.

Para ellos a medida que avanzaban los años 80, avanzaba la decepción de una generación que terminaría con el tan cuidado escudo, de la reputación de unos apellidos y la honestidad, esa honestidad que los tenían hartos, recalcar y recalcar la honestidad que fue lo primero que odiaron y contra todos esos principios se rebelaron.

Se comenzaron a formar cultura como la híppie, jóvenes que pregonaban la libertad, la justicia, el amor y la paz. Otros tantos grupos los imitaron siendo también una época que innovo en la música con ritmos como el rock and roll, la Lambada y el Twist. Superando en popularidad al Charleston de los años 40.

Fueron esos años de cambio radical, dejando a un lado tanta rigidez de la educación de padres y abuelos, fue el inicio de la liberación de la mujer del yugo en la casa y en el trabajo, en lo profesional y en lo científico.

Ya no eran entonces esos días cualquiera de rutina y aburrimiento, toda una revolución cultural y social emergió en medio de un caos, un colapso de esa opresión social que estalló como era de esperarse

Margarita y Adán ya con mas de 20 años de casados, sus tres hijos, con la educación que recibieron de sus padres, pero no tan rígida como fueron educados ellos, se mantenían unidos, pero muy lejos de aquel amor apasionado de sus años de casados siendo tan jóvenes y en esa sociedad de entonces.

Era un matrimonio más del montón, la costumbre y la necesidad de compañía los mantenía unidos, pero aquella fogosidad de sus años primeros quedó en el camino.

¿Eran felices? El tiempo hablará por ellos...

TRAICION

Muchos son los que entran y salen de aquella joyería, la más famosa, lujosa y cara de la ciudad: Joyería Marfil.

Una tarde de tantas en plena primavera con árboles frondosos, matas floreadas en casas y avenidas, un clima maravilloso para asistir a la plaza a caminar, conversar o sencillamente sentarse a contemplar todo lo que sucede entre jóvenes y adultos que se ven por igual, Adán Molero, conoce a una de las tantas clientes que llegan para comprar cualquier joya que esté de moda, hablamos de la Joyería Marfil, donde trabaja como relojero y verificador de piedras preciosas.

La cliente es Marianela González, chica morena, elegante, con envidiable cuerpo femenino, pelo negro sobre los hombros, ojos azules preciosos, pero sobre todo una sonrisa cautivadora, principalmente para los caballeros.

Ella solicitó hablar con el señor Molero, el de los ojos azules quien allí trabaja, pero no está a la vista sino en su cubículo especial para arreglar relojes y verificar cualquier duda sobre pulseras y collares para empeñar.

El señor Gómez, el propietario, le indica que una cliente lo solici8ta, él acude al mostrador, pero no conoce a la hermosa chica, entonces es ella quien lo llama por su nombre, Adán Molero es aquí, levantando su mano derecha.

Totalmente sincera le dice que "deseaba conocerlo, trabajo en la boutique de la esquina y todos los días lo veo pasar y hoy me decidí verlo en persona, me es muy grato, mucho gusto soy Marianela", le extiende la mano por encima del mostrador.

El relojero, hijo de español, le responde "Adán Molero", dice a secas. La mira como esperando alguna explicación, hay unos segundos en silencio, y ella reacciona, solo quería verlo de cerca e invitarlo a tomar un café cuando salga de su horario, le dijo la chica con grata sonrisa.

Respondiendo Adán, "No tengo hora de salida precisa, todo depende del trabajo pendiente, pero me podría decir ¿con que motivo ese encuentro, algún reloj que arreglar?"

No sencillamente conversar un rato, me dicen que es español y pienso viajar a su país en mis vacaciones, pero si no puede, tranquilo. Gracias.

Da la vuelta y sale de la joyería, mientras él la sigue con la vista hasta cruzar la esquina.

Que encuentro tan raro piensa él y continúa con su labor arreglando un reloj de pared de esos de los años 50.

En la noche, en su casa, aquella chica hermosa lo dejó intrigado al punto que su esposa Margarita lo notó algo distraído y pregunto qué sucedía, nada, cosas del trabajo, la típica repuesta de un hombre en un caso cuando interviene una segunda mujer.

Margarita no hizo comentario y él se lo agradeció porque no tenía como explicar aquel raro encuentro con una chica más joven que él y muy linda.

Adán para sacarse esa espina que no lo dejaba tranquilo, era una joven tan extraña, pero linda, se decía y con esa excusa de saber algo de España ¿me invita a un café?

A la mañana siguiente, Adán sale un poco más temprano de su casa con la excusa de tener trabajo atrasado. Al llegar a la esquina de la boutique donde trabaja la chica, se detiene, piensa unos minutos y abre la puerta y pregunta por ella, ¿la joven Marianela se encuentra?

No, aún no ha llegado, ¿le desea dejar algún mensaje?

No, gracias. No hay problema, le responde y continua hacia la joyería cuando la ve venir y la espera con las manos en los bolsillos, las sentía frías y en realidad soplaba una suave brisa.

Marianela lo ve a la distancia, apresura el paso, sabe que la está esperando.

Hola, le dice ella al llegar a su lado, hola le responde él y le tiende la mano, ella le señala el café que está al cruzar la calle y caminan hacia allí, sin hablar, solo se miran con cara de interrogación los dos.

Llegan, se sientan, él pide un café negro fuerte y ella un capuchino.

Dígame joven que quería decirme ayer y me disculpo fui un poco descortés, pero me tomó de sorpresa.

¿La verdad? Solo quería conocerlo, le responde Marianela. Todos los días pasa por el frente del negocio, siempre tan elegante que me llamó la atención y deseaba verlo de cerca.

Entonces lo de España y querer información, es una falsa, dice Adán con algo de sonrisa en su rostro. Bueno ya me vio, ya me conoció, nos tomamos el café ¿y adiós?

Pues sí, adiós, responde ella, solo que quieras que nos veamos luego.

Dejémoslo así, le dice él. Tu eres una chica linda con varios años menor que yo, tendremos pocos temas para conversar, poco en común, soy casado tengo 3 hijos, y en fin que sí, solo un café y adiós.

Está bien, dice ella, me encanto conocerte, terminemos el café que se nos hace tarde para entrar a nuestros trabajos.

Así fue, Marianela y Adán se despiden a pesar de que ambos deseaban volverse a ver.

Cada vez que pasaba por esa boutique Adán miraba, unas veces la veía, en otras no, llenando de expectativa aquel interés en alguien que tan solo conoció tomándose un café.

En una de tantas veces, Marianela conociendo la hora cuando pasa por esa puerta de la boutique, lo espera. Allí viene se dice a ella misma, él la ve desde lejos, sonríe y disminuye el paso para pasar más lento frete a ella.

¡Sorpresa! Marianela, al pasar Adán, lo hala por el brazo hacia dentro del local, ella está sola, la dueña aún no llega, y de un solo golpe lo besa con la misma emoción que él responde y así están unos minutos. Al separarse, ella ríe, pero él pasándose la mano por la cabeza dice "qué locura" esto es una locura. La toma nuevamente y la besa con la misma fogosidad.

Así no más, sin darle explicación sale rápidamente y sigue hacia la joyería mirando hacia atrás donde está ella mirándolo, solo mirándolo.

Eso se repitió varias veces, cada vez que la dueña de la boutique no estaba allí.

Adán algo apenado con su querida esposa Rita, como le decía en lugar de Margarita, al llegar la besaba con intensidad, pero no se le quitaba de la mente a la hermosa y joven Marianela.

Pasaron unos tres meses, de vez en cuando Adán pensaba en ella8, la tenía tan cerca, pero tan lejos de sus posibilidades, que no se hizo falsas esperanzas. Cambió la ruta para llegar a la Joyería y ella entendió la realidad.

Aquella tarde, Adán y Rita su esposa, salieron a cenar en uno de sus restaurantes favoritos, comida española en recuerdo de su padre Jesús

Habían hecho el pedido, esperaban hablando trivialidades, y en ese momento entra su hijo mayor Roberto, al verlos se acerca, con cariño los saluda principalmente a su madre quien lo recibió con un fuerte abrazo y beso.

Y ¿qué celebran? Les pregunta, nada solo salir un rato de la casa le dice Adán y ¿tu comes aquí con frecuencia?

Bueno de vez en cuando, estoy esperando a alguien, ya debe estar por llegar.

Efectivamente a los minutos llegó ella, Adán la vio venir y se quedó paralizado, era Marianela la chica de la boutique.

Igual, ella al verlo sentado con Roberto al lado pensó que no podía ser que aquel fuera su padre.

Llegó a la mesa muy sonreída disimulando todo lo que podía, beso en la mejilla a Roberto, quien la presentó como su novia y celebraban su segundo mes.

Fue una velada corta, aquellas miradas entre Adán y ella, eran delatoras, ellos no las notaron y por eso al mismo terminar él y Rita se retiraron dejando pagada la cuenta de ellos.

En la casa, Rita dijo que los invitó a cenar en la casa para que conozca a la familia, pero le extraño que ella dio varias escusas fue Roberto quien le confirmó.

La traición estaba en puerta, el sentimiento que nació en ellos Adán y Marianela fue a primera vista, algo inesperado pero intenso, definitivo y aquella traición estaba servida, de padre al hijo, un acto que mancharía para siempre el apellido Molero y la unión en familia.

Adán el hijo del español Jesús, de unos 42 años, catire de ojos azules, cautivó a la joven Marianela de unos 22 años y ella también a él aquella tarde en la Joyería El Marfil.

Desde ese día, Adán evitaba pasar por el frente de la boutique, pero dormía con su imagen todas las noches.

En tanto Marianela, pensaba si romper con Roberto o no, porque si lo hacía tendría que dar alguna explicación, ¿pero con que lo justificaría? lo deseaba, además ella en el fondo de su corazón quería un acercamiento con ese relojero que le rompía el corazón.

Toda una tragedia amorosa, que sería así mismo un escándalo y una mancha para la familia, el tan sagrado escudo y tan importante escudo familiar, eso que en los años 40 - 50 era sagrado, pero que ahora hasta se reían de quienes aún mantenían tan tonta y ridícula tradición.

Se llegó el día, Marianela iría a cenar con Roberto en la casa de sus suegros, con el hombre que le quita el sueño.

Adán por años le fue fiel a su esposa Rita y todo marchaba bien íntimamente entre ellos, ahora en la edad crítica para los hombres, los años 40, se le presenta esa hermosa joven así nomás en su lugar de trabajo en busca de una rara amistad que para nada rechazó, él siempre dedicado a su casa y a su trabajo.

Lo más lejos que tenía el aun joven relojero, que esa misma chica que le ha quitado el sueño y abriendo esperanzas en su corazón, fuera su nuera, la novia de su hijo Roberto estudiante de abogacía.

Se saludaron con respeto y de manera amistosa, disimulando las miradas, esos ojos que son el espejo del alma y los podía delatar, ocultaron el emotivo momento y lo lograron, nada extraño en ellos que llamara la atención de Rita o Roberto.

Aquella cena también con dos de los hermanos de Roberto, Andrea y Julio transcurrió normal, con anécdotas de la familia cuando se casaron, tuvieron el primer hijo, el paseo a la hacienda del abuelo José, en fin, todo tranquilo, sin sobresaltos, ni miradas comprometedoras, una bonita cena en familia para conocer a la novia del hermano, futuro abogado de la patria.

La despedida no fue tan normal, las miradas de Marianela y Adán, fue más que el "adiós" de la despedida, era algo como "nos vemos mañana", pero nadie notó ese cambio de señales entre ellos.

Mientras Adán se desvestía para colocarse el pijama, Rita le comentaba lo linda y agradable que es la novia de su hijo, me agrada, le enfatizó a su esposo, quien nada respondió, tan solo la beso y se acostó sin querer pensar más en esa cena con ella y Gerardo tomados de la mano.

No eran celos, era la culpa y preocupación de estar enamorado a primera vista de ella, la futura esposa de su hijo.

La traición estaba a punto de suceder, no sería hoy o mañana, pero estaba muy cerca, tan solo una drástica decisión podría impedirla, pero ya aquel joyero y aquella chica se amaban y eso era inevitable.

Ese mismo día Adán comenzó a escribir lo que luego sería un diario, unas letras que expresarían aquellos días difíciles para él haberse enamorado como un joven a la edad de los 42 años y precisamente de la novia de su hijo a quien conoció días antes de enterarse que ella sería su futura nuera.

Todo detalle a detalle, aquel enamorado joyero, escribiría como testimonio de tan inverosímiles días, presagiando lo que iba a pasar teniendo la obligación de explicar aquel sentimiento, algo in8esperado y precisamente por una chica que desconocía, no sabía era el amor de su hijo.

Esa mala jugada del destino llevó a Adán y a Marianela no solo a una incertidumbre inesperada en el tiempo y edades de ellos, sino a un cargo de conciencia porque a pesar de haberse enamorado meses antes del anunciado compromiso con su hijo Roberto, ellos se amaban y de una manera diferente al amor que sentían por sus parejas.

Mas temprano que en otros días, Adán sale de su casa para la Joyería, debía hablar con Marianela, ¿qué hacer? ¿cómo disimular aquel sentimiento que les brotaba por los poros?

No verse más, eso estaba claro, sin embargo, están muy cerca uno del otro en sus lugares de trabajo. En fin, deben aclarar todo.

Adán allí en la Joyería escribía su diario expresando toda esa situación, bella por una parte al tener ese sentimiento juvenil a los 40 años, algo que no tiene explicación y por lo otro apenados por su hijo y ella por haber aceptado a Roberto desconociendo que Adán es su padre.

No fue en las puertas de la boutique, tampoco en la joyería, donde Adán y Marianela se citaron, fue para un parque frente a la cancha deportiva de donde vive ella, el Parque Primavera.

Allí llegaron cerca de las 6 de la tarde, luego de salir del trabajo.

Cuando ella llegó, Adán ya estaba allí, pidió la tarde de permiso, no se podía concentrar en arreglos de relojes o en analizar piedras preciosas.

El encuentro como se esperaba, emotivo, muy emotivo, Marianela lloró en sus brazos, él la consolaba, aquella situación no fue culpa de ellos, sino de las circunstancias y el destino con esa mala jugada.

¿Se besaron? Claro, apasionadamente. Era una despedida y lo más seguro es que ella terminara con Roberto, jamás podría estar con los dos, con el padre y el hijo, o quedarse con el hijo y ver a su padre como un extraño, como un suegro querido.

Definitivamente Marianela terminaría su relación con Roberto con cualquier excusa.

Así fue el acuerdo, ¿así creen que terminaría todo?

El tiempo dirá...

FRENTE AL SOL

Rita, buena ama de casa, siempre reubicando los muebles de su linda casa, es para el cambio de las energías, les decía a sus hijos y a su esposo Adán, recordó que, en uno de esos arrebatos juveniles, tomaron la silla con el manto rojo y la guardaron en el último rincón de la casa, en aquella pieza de los desechados e inútiles.

Esa silla no es ni inútil, ni desechable, por el contrario, es una reliquia familiar que viene de generación en generación, por lo tanto, dio la orden de bajarla, limpiarla muy bien y colocarla de nuevo en su habitual rincón recordando la unión de los Molero Pereira.

Así lo hizo, reunió a su familia y les dio la orden estricta quien toque, maltrate o rompa algo de esa silla con el manto rojo, de inmediato se va de la casa, que viva donde guste y tengan las cosas que guste, pero mientras estén bajo este techo, se cumplirán mis órdenes y punto.

¿Entienden? Todos dieron el si con la inclinación de la cabeza y así será hasta el fin de los tiempos para la matrona de la casa: doña Margarita o Rita como le dice su esposo Adán.

Doña Rita, era una mujer aun joven, con unos 37 años, pero con sus 3 hijos, se ganó el apodo de "doña" y así se quedó para familiares y amigos, entre ellos los muchos vecinos que la apreciaban.

La casa, una mansión adecuada a ellos y a sus muchachos, además de primos, sobrinos y hasta los tíos quienes el día que no tenían donde albergarse en la noche sabían que en la mansión de Rita y Adán siempre hay puestos, siempre en la terraza del último cuarto cabían unas cuantas hamacas.

Estando al aire libre, a las 5 de la mañana ya estaban frente al sol, con su potente claridad y calor característico de esa tierra del petróleo.

Cuantas mentalidades, que riqueza de pensamientos, unos buenos, otros aceptables y otros tantos al margen de la ley, porque siendo ellos los familiares de los Moleros y Pereira, no escapan de las trampas del destino, de los juegos de la vida y mientras esperan el despertar del mañana, allí frente al sol, deben salir adelante, ganarse el sustento necesario teniendo que mantener la honestidad sin violentar la ley, también los principios de honestidad de las enseñanzas de los abuelos y bisabuelos.

Edgar Alfonso, el primo, por ejemplo, un mujeriego empedernido vivía de una mujer y de otra y otra y así con esa situación tan compleja fue víctima fácil de mafias, bien de traficantes de droga, como de mujeres que prostituían desde temprana edad, todo por un buen dinero que le permitía esa vida tan desordenada y delictiva.

Su tía Rita, y su tío político Adán, nunca sospecharon de tal manera de vivir y por ello le permitían a esos jóvenes familiares   dormir en la terraza del último piso de la mansión.

Eran las 10 de la noche, de ese sábado de carnaval, cuando tocan a la puerta de la mansión de forma brutal, no eran ni vecinos, ni familiares, aquel toque violento y constante, no eran otros que la Policía de la ciudad gritando que abrieran la puerta.

Adán, como hombre de la casa fue el primero en acudir al violento llamado de la policía, rápidamente agarró el pomo de la puerta abre y allí están unos 4 o 5 policías, armados como si se tratará de un ataque a enemigos. Sin dar explicaciones, entraron a la sala, allí frente a la silla con el manto rojo, preguntando por Edgar Alfonso, ¿dónde está, ¿dónde se esconde?

Adán, inocentemente responde que aún no ha llegado. ¿Por qué lo buscan? ¿Qué ha hecho?

El no vive aquí, agrega, solo viene a dormir y siempre llega sobre las doce de la noche.

Entonces, dice uno de esos policías, que sobre su bolsillo en la camisa se lee: sargento González, que se quedarán a esperarlo, ya se les ha escapado varias veces y ahora es solicitado también por las autoridades nacionales.

Adán, les insiste la razón por la cual lo buscan y el mismo sargento le dice en todo alto, molesto por la pregunta que por tráfico de mujeres y de armas. Y usted qué es de él, le dice a Adán, quien sencillamente dice la verdad, nada realmente, es medio sobrino de mi esposa y le permitimos dormir, al día siguiente se va y no sabemos qué hace o en qué trabaja.

Craso error de ustedes le insiste el sargento González, por eso, se han convertido en sus cómplices y serán investigados, si él no aparece, usted se va con nosotros a rendir declaraciones.

Esas son palabras fuertes para quien jamás ha cometido delitos y ha mantenido impecable su reputación, es un sencillo relojero, profesión que es suficiente para vivir con todas las comodidades la familia de unos como de otros.

No hemos cometido delito alguno, le responde al sargento, soy relojero en la Joyería Marfil desde hace unos 12 años, es esa mi trayectoria, porque ni político he sido, enfatiza.

¿Cómo me dijo es su nombre? le pregunta, soy Adán Molero. Bueno hagamos algo, le indica el sargento, ya en un mejor tono, si usted nos garantiza que al llegar el señor Edgar Alfonso, nos informa, dejamos en paz a usted y su familia, veo que en realidad es un señor de familia, sin nada que ocultar.

Realmente Adán, es honrado hasta la coronilla y aceptó la propuesta, no arriesgará la tranquilidad de su familia por quien ha abusado de la confianza y es en realidad un delincuente.

Edgar Alfonso, es familiar de su esposa Rita, hijo de una de sus primas, pero que en realidad no hay ese acercamiento como tal, sencillamente un día solicitó ayuda para pasar la noche y desde entonces, hace unos 35 días duerme allí y al amanecer con el sol enfrente se despierta y se va hasta llegada la noche.

Adán cumplió la palabra al sargento González, esa noche al llegar, lo notificó y en cuestión de unos 20 minutos, toda una tropa se apersonó en su casa y con manos esposadas se llevaron a Edgar Alfonso que fue sorprendido por la actitud del esposo de su prima.

Allí no termina la historia, aquellas armas que él revendía y aquellas pacas de cocaína que debía ubicar entre sus clientes para los jefes de la banda Los Blancos, los tenía guardado en el closet del garaje ocasionando consecuencias para la familia de ellos quienes por ampararlo en sus noches debían justificar que desconocían tal alijo de drogas y armas.

Era falso, que Edgar Alfonso no tenía donde dormir, sencillamente utilizaba esa casa para guardar sus delitos y con ello sus paquetes de droga y las armas destinadas a organizaciones criminales como guerrilleros y bandas delictivas.

Gracias a la limpia trayectoria de Adán y la defensa de los propietarios de la Joyería donde trabaja desde hacía más de 12 años, fue libre de culpa sirviendo de experiencia esa realidad que vivieron por algunos meses simplemente por ayudar a un familiar

Adán, mantenía muy dentro de él, aquello pocos días vividos con Marianela quien resultó ser la novia de su hijo, y sin haber llegado con ella a una verdadera intimidad solo aquellos encuentros en la puerta de la boutique, el golpe que recibió al verla del brazo de su propio hijo Gerardo, se mantenían en su mente, aun queriendo a su esposa Margarita, Rita para él, no podía deshacerse de aquellos pensamientos día a día.

Era una tortura, al punto de no concentrarse en el trabajo hecho que llamó la atención de los propietarios teniendo que reaccionar y es entonces cuando solicita las vacaciones y planifica un viaje con Rita como una manera de concentrarse en aquel amor que lo llevó a casarse muy joven con la que fue la chica de sus sueños y esta de ahora Marianela, es producto de su crisis en los hombres sobre los cuarenta años.

Así que busca cerrar ese capítulo en su vida y cumple lo prometido a si mismo, alejarse por un tiempo y concentrarse en la mujer que le ha dado 3 hijos y lo ha amado sinceramente desde que lo conoció.

¿Fue así? ¿Sirvió el plan de unas vacaciones?

El tiempo seguirá hablando...

Unas veces nublado, otras con frío, tal vez con lluvia, sea como sea el amanecer, aclara el panorama, nada lo puede impedir y es una fuerza imbatible.

Marianela, quien al verse cara a cara con Adán estando tomada de la mano de su novio Roberto, hijo de él, sintió que aquello en su corazón, sean cuales sean las implicaciones, no lo podía impedir, es algo más fuerte que ella, como un amanecer, siempre estará allí sea cuales sean las circunstancias.

Adán y Rita se van de vacaciones, ese era el plan, esa la posible solución frente a ese conflicto de corazón, donde nadie manda, donde siempre se decide todo sea como sean las circunstancias.

Para esa escapada se escogió un país diferente, con paisajes de toda naturaleza, la idea es no recordar nada del lugar de dónde vienen y eso podría dañar ese plan más de Adán que de la propia Rita quien ignoraba las intenciones y los sentimientos de su adorado Adán.

Fueron tres semanas, unos 20 días entre montañas, playas y médanos, cumpliendo su papel: hacer que se olviden de su rutina hogareña, esa que muchas veces es la causante de buscar nuevas aventuras, un cambio de vida con las respectivas consecuencias.

En tanto del otro lado del país, donde sea como sea el ambiente, el sol sale, siempre está ahí como firme testigo de un clima tropical, Adán y Rita disfrutando con paseos, baños de playa, asistir a museos y operas, costumbres europeas que él como descendiente de españoles lo lleva en la sangre y ella, sencillamente lo sigue, lo complace.

Ya no son aquellos días intensos de pasión, en sus primeros años de matrimonio y hasta un tiempo después con las consecuencias de 3 hijos, pero aún se aman, Rita más por ser la mujer sobre quien recaen la máxima fidelidad, aquello de las abuelas: "no faltarle al marido ni con el pensamiento", y es ese pensamiento muy distinto en los hombres a quienes en esos años 70, se les permitía mirar y sentir otros sentimientos sin ser tan duramente criticados.

Sea como sea el amanecer, el sol siempre sale, así es el amor cuando se siente con pasión, con arrebato sea como sea, se manifiesta, se delata y en el caso de Adán y Marianela así nuevamente quedará demostrado.

¿En realidad ese amor triunfará?

Depende, necesitan valentía y decisión.

SOLO DEJARSE LLEVAR.

Adán y Margarita, regresan de agradable humor, descansados, repotenciados en ánimo, fuerza y amor, según sus hijos.

Adán, al pensar que al día siguiente debe comenzar de nuevo en su trabajo en la joyería, le sudan las manos, por momentos siente una angustia en el estómago, eso que la juventud llama mariposas, reacciona concentrándose en su hogar hablando con los hijos, esos 2 varones y la hembra que aun en casa, ya tienen novias o novios, finalizando sus estudios, todos serán profesionales y un orgullo para ellos sus padres, quienes siendo aun jóvenes han cumplido con la educación de sus hijos.

Siempre como testigo silencioso de la vida de esta familia Molero Pernía, está la silla con el manto rojo, que pronto verá cómo se desataran los demonios en una locura de impredecibles situaciones,

Le llegó el momento, inicia su jornada de trabajo, trata de llegar a la joyería El Marfil, sin pasar por la boutique, no sabe si ella la chica que le ha trastocado su vida y su corazón, está allí, pero es mejor evitar.

Pasa un día, al siguiente todo continuaba normal, cuando en ese momento siendo las 4 de la tarde, le dicen a Adán que lo solicitan en el mostrador.

Adán, se levanta de la silla de un solo golpe, sabe que es ella Marianela, comienza a dar vueltas en su lugar de trabajo, pensando que hace, igual tiene que salir para no levantar sospechas, y así solo se deja llevar, pase lo que tenga que pasar.

Vestido como siempre impecablemente, combinando pantalón, camisa, medias y zapatos, todo hacen de él un hombre guapo, perfumado y educado,

En el mostrador allí está, la joven y linda morena de Marianela. Se saludan lo más cortés posible para no levantar sospechas, y no hablar mucho, ella solo lo saluda con un beso en la mejilla y ambos sintieron ese cosquilleo en el estómago y un palpitar alterado en el centro del pecho, invitándolo a verse a las 5 de la tarde en la terraza de la pizzería de la esquina.

Adán, desde ese momento no trabajó igual, no podía ubicar las pequeñas piezas del reloj en su lugar, el pulso le temblaba. Eran las 4 de la tarde, falta una hora para la cita, tenía que concentrarse y con empeño lo logró.

Definitivamente, Adán se dejó llevar de las circunstancias y del momento, era imperativo para él aquel nuevo llamado de cupido que le llegó sin buscarlo, a él le llegó y vera hasta dónde va todo.

Sin embargo, reflexiona, minutos antes de acudir a la pizzería, pensando que tal vez Marianela le diría que se olvidó de él y serán amigos y nada más. De ser así, ahí terminaría todo para él y tal vez la normalidad volverá, la vida hogareña, la rutina del día a día y también de ser así, se dejará llevar.

¿Olvidarse de él? Eso nunca, al llegar a la cita, Marianela bella, con su cabellera larga y semi encrespada, lucía hermosa y joven, fue hacia él, lo besó apasionadamente, Adán se dejó llevar y respondió con la misma intensidad, fueron minutos intensos, no había nada que hacer ellos sin importar las circunstancias que lo rodeaban, es un amor repentino, intenso. Se separaron, sonreídos se miraron y volvieron a besarse con la misma fogosidad.

A esa hora aún no había clientes en la terraza, así que se mantuvieron así por unos minutos, luego sentados conversaban tomados de la mano.

Adán podía ser su padre, pero no lo era, ella lo aceptaba, lo amaba y en ese encuentro hablaron de un tema y de otro, él no se atrevía a preguntar qué había pasado entre ella y Roberto, pero al final tenía que saber, así que luego de una hora, preguntó.

Ella terminó con él aquella misma tarde cuando se enteró es el hijo de su amado español, como le decía a Adán, así se lo explicó y quedaron callados por unos minutos, ella reacciona al tomarle la mano, "no tenemos la culpa de nada, tú nada sabías, ni yo tampoco" y esto que siento por ti, le agregó, es muy fuerte, esos días suyos de vacaciones estuvo inquieta, llorando en silencio, y en fin que el amor de ella es él, Adán y nada puede hacer.

Por su parte Adán, siente lo mismo, algo tan profundo que le quita el sueño, pero a su vez con el sentimiento de culpa por su esposa Rita, a quien también amaba, pero de otra manera y es una excelente madre y esposa.

Ella le toma la mano sobre la mesa "pero en el corazón nadie manda y así nos amamos".

¿Qué haremos? Pregunta Adán, aun con las manos de ella entre las suyas. Tengo 3 hijos, aun solteros, todos bajo mi responsabilidad hasta que decidan abandonar la casa, casi todos cerca de graduarse y se tendrán que casar, pero en estos momentos aun no.

Mira español bello, porque eres bello, le dice Marianela coqueteando un poco, dejemos que todo siga su curso, vamos a dejarnos llevar y sigamos el destino que nos unió. Mas adelante, ya veremos.

Adán le tomo las manos en señal de aceptación y con el paso del tiempo tomaran las decisiones. Por los momentos se dejarán llevar, ese amor es bello y ambos se sienten bien uno con el otro.

¿Adán romperá su matrimonio?

No es fácil, ya veremos...

Aquel amor entre ellos crecía, no les bastaban los minutos cuando se veían al salir del trabajo o al llegar más temprano, inventaban excusas, para ganar tiempo.

Las responsabilidades de Adán con la familia, pero sobre todo para no levantar sospechas, llegaba a la misma hora y tal vez unos minutos más tarde, pero ya se hacía insostenible el hecho de pasar tan poco tiempo con aquella chica con quien aún no había tenido intimidad y aquella pasión, aquel sentimiento que quema dentro de él y en la propia Marianela, cargada de amor y fuego en su interior.

Ese sentimiento tan fuerte, los obligó a una tarde a escaparse a un hotel cercano para definitivamente saciar esa pasión loca entre ellos.

Adán que tenía más de 20 años solo con su esposa Margarita, aquello fue una desbocada, como la canción de caballo viejo, que se soltó las riendas y nada lo detuvo en esa furia de unos días que con excusas hasta ridículas llegaba tarde a casa. Nadie le amarraba esas riendas a un sentimiento que le quemaba las entrañas.

Margarita, confiaba ciegamente en su esposo, excusa que le decía, excusa que aceptaba sin sospechar nada, mucho menos una aventura con una chica que podía ser su hija.

En tanto los hijos, quienes le notaban el cambio en su proceder, comenzaron a sospechar, al llegar tarde entre ellos se miraban.

Roberto, como hijo mayor, fue el primero en preguntarle la razón de tantas ausencias sobre todo para la cena, hora que para él era sagrada obligándolos a estar en la mesa.

Sus excusas no eran creíbles luego de tantas noches de llegar tarde y ya cenado. Siempre eran reuniones con los jefes, o con los empleados o con nuevos inversionistas, y así agotó la lista de los comensales.

Esa noche con la última excusa de una reunión por un cumpleaños de la esposa del dueño, Roberto decidió que al día siguiente le haría seguimiento sin decirle a ninguno de sus hermanos.

Adán por su parte dada la realidad que vivía con Marianela, esa noche en sus cotidianos desvelos por la crisis interna que vivía, tomó la decisión de hablar con su joven enamorada y de manera definitiva salir a la luz con ese amor de ellos y asumir las consecuencias que haya que asumirse, pero definitivamente poner punto final a esos amores escondidos.

Todo dependería de ella y estar dispuesta a enfrentar la muy segura crisis tanto en la familia de él, como en la de ella, a quienes aún no conocía desconociendo las razones de ella y él que sinceramente no deseaba aun hasta aclarar la situación, esa realidad no buscada, sencillamente que fue.

Como siempre Adán sale para su trabajo, en el camino va pensando ¿cómo salir de esa zozobra y al pasar por la boutique sencillamente entra, la saluda cordialmente estando allí la dueña, pero en voz baja le dice que a las 12.30 hora del almuerzo se vean en la pizzería de siempre.

No espero repuesta, solo se despidió dejando en una interrogante a la bella Marianela que ese día estaba aún más hermosa con su pelo suelto, recién lavado con el aroma que tanto le agrada a él.

Fueron largas horas, Adán con mucho trabajo se distrajo un poco, se tenía que concentrar de lo contrario se seguiría acumulando trabajo y no era lo mejor para él y la joyería.

Por su parte Marianela, con esas palabras de Adán, y la rapidez de entrar y salir, pensó que sería el inicio de un rompimiento, o citarla para otro lugar diferente, pero en realidad nada en concreto.

También tuvo la ventaja que ese día se iniciaba el inventario y la ayudaba a no pensar mucho y concentrarse en el trabajo ayudando a la señora Giralte, la propietaria y administradora.

Roberto, desde temprano estaba sentado en la cafetería más cercana, donde a veces ellos los buenos amantes se daban los buenos días. Desde allí se veía la puerta de entrada a la joyería vigilando cualquier movimiento de su padre.

La actitud de su padre no es la normal, siempre fue un hombre de salir de su casa a las 7.30 de la mañana y llegar a eso de las 6.15 de la tarde y desde hace unos meses es raro cuando llega a esa hora, incluso en varias oportunidades llegaba a altas horas de la noche. Roberto está seguro se trata de una mujer, es una mujer, se decía, no hay otra explicación.

Jamás se lo comentó a su madre, la siempre amorosa y abnegada esposa que no se merece una noticia como esa, pero quien varias veces se extrañó de sus llegadas sobre las 9 de la noche y los desvelos que él los justificaba con cualquier excusa.

Llegó la hora: Las 12.30, la hora del almuerzo. La cita en la pizzería.

Roberto, mirando a la joyería, la puerta se abre, ese es Adán, es su padre. Con la mirada lo sigue, al perderlo se levanta, se dirige a la puerta y a través del vidrio lo sigue.

Entra a la pizzería, se sienta, pero desde donde él está no lo ve, camino por la acera del frente, siempre mirando a su padre, está solo, nada de particular, ve cuando levanta la mano y el mesero lo atiende.

Pasaban las 12.40 y todo bien, tenía Adán la pizza servida, pero no comía, solo tomaba refresco. Está esperando a alguien, pensó.

Se detuvo en su caminar de un lado a otro, casi gritó un "no puede ser", ¿será casualidad? Esa es Marianela, es Marianela, se repetía. Esa fue mi novia, se decía a sí mismo. No puede ser lo que estoy pensando.

Y con esos pensamientos y sin salir de su asombro, Marianela y Adán se besan. Fue un beso corto, pero al fin un beso.

Gerardo aterrado, se doblaba con la mano en el estómago, su padre y su exnovia, se repetía. No puedo creerlo.

Gerardo no salía de su asombro, ¿qué hacer? ¿enfrentarlos? Estaba paralizado, solo de pensarlo le da horror, y más horror enterar a su madre de algo tan terrible.

Fue tan fuerte la impresión, que no pudo reaccionar, no como creía lo haría. Sencillamente, con dolor de cabeza, de la misma impresión, camino lentamente y poco a poco se fue alejando de aquella verdad terrible para él, para la familia y especialmente sería para su madre, para Margarita, la Rita que él decía amarla.

Caminó, caminó, no sabe cuántas cuadras fueron, no se atrevía a llegar a su casa, su cara, su reacción lo delataría.

¿Qué hago? Era la pregunta, una y otra vez. ¿Esperarlo a él en el camino a la casa? ¿buscarlo en la joyería?

Ya eran cerca de las 5 de la tarde, en un rato Adán saldría del trabajo, Gerardo pensó en regresar. Seguirlo, está seguro se encontrará con ella, con su exnovia, a ¿dónde se irán? Debo saberlo todo, pensó y así se regresó, ya no a pie, tomó un taxi, de lo contrario llegaría tarde.

En la pizzería Adán, bello como siempre con su cabello rubio, sus hermosos ojos azules y su elegante vestir, afrontaba con su querida Marianela la realidad que vivían, ella quería saber por qué la cito y fue directo al punto, y allí Adán tomándole las manos, le dijo sinceramente, ¿qué pasará con nosotros? ¿estaremos todos los días con este sobresalto, viéndonos a escondidas? Yo no quiero esto así, tampoco soy así, quiero decírselo a mi familia y comenzar contigo seriamente…

Marianela lo mira con los ojos bien abiertos, con una sonrisa entre temerosa y feliz, aquel hombre la ama en serio, ella también, es mayor que ella, pero lo ama realmente, así que le aprieta más sus manos en señal de apoyo y a un "si" definitivo.

Saben las consecuencias, la hablan entre ellos, pero esos 30 minutos que les dan para almorzar, no son suficiente para tratar a fondo un tema tan serio, fuerte y con consecuencias, como ése, de tal manera que deciden que a la salida del trabajo se verán y deciden los detalles y cómo hacerlo. Ella prefiere ir juntos tanto a la casa de él y hablar con ellos y luego a la casa de ella donde estará su madre. No conoció a su padre y hermanos no tiene. Así quedaron.

Gerardo sin saber la decisión de su padre, se prepara para enfrentarlo, no en su casa, no aún, eso sería un golpe muy duro y certero para Margarita su madre, no allí no, lo esperaría a la salida de la joyería, tal vez estará con su amante, la que fue su novia y terminó con él de la noche a la mañana, sin razón, sin un claro motivo y es en esos momentos cuando entendió todo y la furia contra su padre creció.

El, Adán un hombre 20 años mayor que ella, padre de 3 hijos, esposo de una mujer maravillosa, ¿protagonista a estas alturas de su vida y de la vida fabulosa de la familia, de una tragedia como esa?

Pues sí, efectivamente, a sus más de 40 años, su padre se enamoró como un chico cualquiera y es qué en el amor, en el corazón nadie manda, y no tiene edad, ni color, ni clase social, sencillamente nace, penetra en el alma y contra viento y marea siguen llevándose el mundo por delante.

Adán, está dispuesto a todo, y eso lo ratificará ante Roberto, su hijo mayor, el primero en descubrir su doble vida amorosa y ante la familia a pesar de saber que será un duro golpe para ella, su dulce Margarita, pero asumirá las consecuencias. Un solo día de felicidad con su hermosa Marianela, lo vale para él un sencillo relojero, pero con sangre de amor en sus venas.

Se llegó el momento, Roberto esperó a su padre a la salida del trabajo, quien no sorprendió mucho al verlo allí del otro lado de la acera, con los carros pasando a velocidad moderada, pero impedía bien que Roberto llegará a él o Adán atravesará la avenida.

Al fin el semáforo en rojo detuvo los carros y ellos se encontraron. Fue Roberto hacia la acera de su padre y sin un saludo o petición de la bendición, costumbre de la familia, le abordó el tema, "así que Marianela es tu amante", en tono alto que llamó la atención de unos transeúntes, le gritó a su padre, quien sin alterarse ni un poco, le respondió, "sí, ella y yo mucho antes de ser tu novia, nos amamos y por ustedes la hice a un lado, allí entraste tu y ella para tratar de olvidarme, te aceptó sin saber que tú eres mi hijo, pero al vernos nuevamente en aquel restaurante entendimos que eso de nosotros era más fuerte y terminó contigo, así fueron los hechos y así se lo diré a todos, porque hoy precisamente, ella y yo acordamos hacer frente a la realidad y vivir nuestra vida"

Roberto en cada palabra que pronunciaba su padre, quedaba mudo, era una explicación clara y sencilla y lo dijo con valentía y seguridad, ahí no había nada que hacer, lo pensó, enmudeció lo miro a los ojos y sencillamente, dejó a su padre allí en esa acera y él siguió caminando, atravesándose para el otro lado.

Roberto, pensaba formarle un escándalo a su padre, pero quedó sin palabras, en realidad tenía la decisión tomada y ahora el problema sería su madre cuando se entere de ese romance con una chica joven y a quien conoció como su novia.

No sería fácil ni para Margarita, ni para la familia, asimilar y aceptar aquella realidad.

Se venía un chaparrón, una gran tormenta en la familia, frente a la silla del manto rojo, testigo de varias generaciones de esos hechos familiares. Pasaban de un nivel a otro, y ahora llegaban a uno de los más fuertes, el jefe de la casa, Adán, abandonaría a la familia para iniciar otra vida con una chica a quien le doblaba la edad.

Bendita silla, que volvería a estar allí para presenciar el camino que tomarían los Molero Pereira a raíz del desenlace amoroso del jefe de la familia.

Cuando nace un sentimiento como ese que quema, que invade el corazón y el cuerpo todo, se lleva por delante familias, tradiciones, apellidos, árbol genealógico y todo, absolutamente todo.

Esa es la realidad, y así sucedieron los hechos, no fue fácil para ninguno, pero fue parte importante de la historia que aún le faltan muchas situaciones por superar.

LAGRIMAS Y SENTIMIENTOS

Un acontecimiento tan importante como es el rompimiento de la familia por la separación del señor de la casa con sus integrantes, es decir su esposa e hijos, trae dolor, lágrimas y hasta nuevos sentimientos ya el lazo que los une, no será igual, es totalmente diferente y dado el ejemplo, cada uno tomaría su propia decisión, su propio camino, dividiendo aquel núcleo familiar férreo, tradicional, y respetuoso en una debacle que dejaría a la matrona de la casa, a la madre, en soledad e incertidumbre entre lágrimas y sentimientos.

Adán esa misma noche aclaró su amor por Marianela con Roberto, su hijo mayor, para ese motivo reunió al resto de la familia, a su esposa Margarita, a sus otros hijos Julio y Andrea, ellos no sabían nada por qué su padre los convocó para las 8 de la noche, allí en la sala principal donde como siempre está la intocable silla semi cubierta de manera decorativa por un manto rojo como fiel testigo de los hechos trascendentales de la familia.

Unos minutos antes, llega Adán, sube a la habitación donde está su esposa Rita como cariñosamente le dice, no la besa como tradicionalmente lo hace desde el primer día de casados, ella le nota el cambio, lo mira, ¿qué pasa Adán? Estas algo diferente, la mira respondiendo te espero abajo solo venía a comprobar que estuvieras listas.

Qué manera tan natural como actuaba Adán, muy tranquilo, era como si fuera a dar la buena noticia de un aumento de sueldo, o de un mejor trabajo o de algo parecido, la noticia de Marianela para él no era tan determinante, la felicidad que llevaba por dentro al dar por terminada las constantes angustias por verse a escondida con su joven chica, lo llenaba de paz, de felicidad, las consecuencias estaba seguro que todos las superarían, por unos días sería impactantes, sobre todo para su esposa Margarita, pero al final el tiempo le haría olvidar todo eso.

Así que Adán con la mayor tranquilidad se colocó al frente de todos ellos, a un lado de la silla con el manto rojo y sin medias palabras fue directo: "desde hace unos meses tengo un nuevo amor con quien me veo a escondidas, pero eso hoy se acaba, sé que Rita mi esposa, no lo va aceptar, me voy con ella a vivir aparte y ser feliz por el tiempo que esto dure, en pocas palabras es ese el motivo de esta reunión esperando acepten mi decisión, porque sea cual sea lo que piensen, estaré con ella hasta que Dios me lo permita. A ti mi buena esposa, te pido perdón, pero en el corazón no se manda y así como te ame con pasión desde el día que te vi, hoy lo siento por Marianela, aquella chica que fue la novia de Roberto, pero que mucho antes de eso fue mi novia y para no faltarte no tuvimos intimidad, nos separamos y en ese tiempo tratando de olvidarme, aceptó a Roberto desconociendo que era mi hijo hasta el día del restaurant cuando nos volvimos a ver, surgió el amor que tenemos, no valió la forzada separación y bueno, aquí estoy para decirles y aclararle, que el amor es más fuerte que todo y quiero llevar sin secretos mi relación con ella.

Continuaba hablando con esa facilidad, sencillez y verdad ante todos, quienes, sin reaccionar, lo escuchaban atónitos.

Margarita, no continúo escuchando a su esposo, subió a su habitación sin llorar, para nada lloro, con mucha rabia y dolor, pero sin llorar.

Su hija Andrea subió rápidamente las escaleras, llego al cuarto de su madre y se quedó sorprendida, creía estaría llorando, pero por el contrario estaba en su peinadora arreglándose el cabello, luego se maquillo, se cambió de ropa, y le pregunto si deseaba acompañarla.

Andrea la mira, no salía de su sorpresa, su madre acababa de recibir la peor noticia que le pueden dar a una esposa y ella sin inmutarse se arregla para salir, reacciona de sus pensamientos y le responde, claro a donde vamos.

Margarita nada le dice sencillamente la toma de la mano salen del cuarto, baja las escaleras allí aun esta su esposo Adán, quien igualmente se extraña al verla arreglada y como siempre elegante,

En realidad, todos se quedaron admirados al verla tan tranquila, tan linda y arreglada.

ENSEÑANZA DE VIDA

Una tácita aceptación.

Margarita muy segura de sí misma, les dice que no las esperen   mira a su esposo le agrega "me avisas cuando firmamos la separación, no tengo problemas, me he librado de una preocupación, desde ahora soy libre, eso en realidad es una maravilla". Hasta luego, Dios los bendiga les dice a sus hijos y nuevamente toma las manos de Andrea, la menor de todos y sale de la casa, toma su carro sin rumbo conocido.

Una vez en el carro, le dice a su menor hija, "que te sirva como enseñanza de vida, que esto te puede pasar, en muchos matrimonios después de años, sucede y así hay que aceptarlo."

"De tal manera hija querida, que hoy me he quitado de encima una preocupación, seré libre y hare de mi vida algo mejor y será para mi alegría y satisfacción. He pasado más de 20 años dedicados a ustedes y a tu padre. Es hora qué me preocupe y me de mis gustos, aun me queda vida y la voy a disfrutar".

Andrea la escuchaba y no podía creer lo que le decía, en verdad su madre así reaccionaria a la decisión de su padre de irse con otra, con una chica que puede ser su hija y alegrarse de esa manera.

Exactamente, así es, Margarita, no se amargará sus días mientras su esposo que se va de su lado con otra, estará alegre y feliz. Así entonces también ella disfrutara de la libertad que de la noche a la mañana la recibió de su esposo.

Llegan a un cine, ella desea ver una película romántica, con un buen final, así que escoge una recién exhibida Una Aventura en Marruecos con la ganadora del Óscar Laura Derm y Liam Hemsworth, donde ella es escritora recién divorciada y el un novio decepcionado de su novia, se enamoran, pasan por contratiempos, pero al final se encuentran y reviven su amor.

A Andrea le encanto la película, buenas actuaciones, bella historia y bonito final, para Margarita representó una esperanza en su camino a un posible amor inesperado.

Ya en casa, Adán se ha ido, Margarita sube a la habitación con Andrea y allí le dice palabras muy ciertas, "Ya está bueno que las mujeres lloren por un hombre que las cambia por otra, ya eso se debe acabar", le continuaba diciendo su madre a esa chica que ni siquiera tiene novio y ya le dicen que el amor no es duradero, que en cualquier momento la dejan por otra tal como ocurre en la mayoría de las relaciones.

Continuando con su explicación y la experiencia vivida por muchas mujeres, Margarita, busca las maletas, tres grandes maletas, abre el closet donde están las pertenencias de Adán, a medio doblar va llenando cada una de ellas, las cierra.

Sigue conversando con su hija menor, con Andrea, "esto hija mía, agrega, es el deber ser, si tu esposo, tu hombre ya no te quiere, sencillamente le facilitas el camino, que se vaya, le preparas sus maletas, le firmas el divorcio, sin peleas, sin gritos, sin llanto, solo aligeras la separación y punto, que siga su camino y tu como mujer si esa situación de toca, sencillamente haces así, le pones las maletas en la puerta y cierras ese capítulo de tu vida. Sin llorar, con tu cabeza en alto, no tienes nada de que arrepentirte, él comenzará una nueva etapa de su vida y tu como mujer también, así hare yo, seré libre y con todo amor seguiré con ustedes, pero sintiéndome con la libertad suficiente para disfrutar la mía".

Dichas esas palabras, Margarita bajo las escaleras y con toda normalidad les dijo a sus dos hijos varones a Roberto y Julio que bajaran del cuarto las maletas con las pertenencias de su padre, ya él se va, a partir de ahora esta no es su casa.

Sencillamente los dos chicos con cierta sonrisa en sus labios bajaron las maletas susurrando, que valiente y decidida es su madre.

Adán, quedo sorprendido, miraba a su esposa Rita, y no podía creer su reacción, sin un grito, sin llanto, sin palabras de reclamo, bajaba perfectamente arreglada, linda, es aún muy linda, tiene 38 años y un montón de vida para disfrutar.

Sin muestra de preocupación, tomo nuevamente las llaves de su camioneta último modelo, "ya vengo, acompáñame, Andrea, espero no encontrarte aquí cuando regrese", dijo mirando a Adán.

Esta es una buena enseñanza de Margarita a su hija y a todas las mujeres a quienes sus maridos, sobre todo a la edad de los 40, las dejan por otra más joven y ellas se quedan llorando como si eso fuera una desgracia, cuando en realidad es una llave a la libertad de ellas.

Cuantas son las mujeres que pasan con lamentos y lloro, toda su restante vidas al dejarlas sus esposos mientras ellos felices disfrutan esos días con otra y con muchas más.

Margarita criada en un hogar estricto, con reglas sociales exigentes, como eso de tener que llegar vírgenes al matrimonio, ser fiel hasta con el pensamiento, de no abandonarlo como tampoco a sus hijos y muchas restricciones más, da el ejemplo de la liberación de la mujer, de tratar de ser igual al hombre en sentimientos y modo de vida.

Ese fue un episodio más frente a la silla del manto rojo que recoge las vivencias en el transitar de los Molero Pereira por los caminos que son la realidad de la vida. Allí ella presente quien sabe por cuanto tiempo más.

Adán jamás pensó que esa sería la reacción de su amada Rita, quien tal vez también tendría su amante y por eso esa reacción. Generalmente eso piensa el hombre cuando su esposa le acepta la separación, porque es orgullo para ellos que las mujeres se duelan por ser abandonadas y cuando no es así, entonces buscan una justificación cualquiera.

Cuando Adán se vio en un hotel, con tres maletas, que causaron curiosidad a quienes lo atendieron, se sintió extraño, de su casa, del recibimiento de sus hijos, de su esposa, la mesa servida con la cena, la cama perfectamente arreglada para dormir en unas horas, en fin, él extrañó aquel maravilloso hogar y se sienta al borde de la cama del cuarto 408 del Hotel Imperial, pensando si tomó la decisión apresurada, sin tan siquiera comunicárselo a su joven amada, a Marianela. Se preguntaba ¿Si eso fue lo correcto, en el momento correcto y con un futuro correcto?

Se adelantó Adán, hasta llegar al hotel Imperial, Marianela no sabía la decisión que tomó y la rápida separación de su esposa, esperaba no arrepentirse, y comenzar una nueva vida con su joven novia o enamorada, pronto sabría la repuesta, le comunicaría a ella que abandono hogar, hijos y su buena esposa, por ella.

Con apenas una hora en el hotel, Adán se sentía solo, le hizo falta su casa, sale rápidamente de la habitación 408 y va en busca de su joven amada a la salida de su trabajo.

Todo nervioso al desconocer la reacción de ella, transita por aquellas avenidas con buses, carros de todas las marcas y colores, muchas personas en las esquinas, otras bajo su sitio de abordar el vehículo que los llevara a sus casas, continua con la duda si ella, la joven Marianela tendrá la suficiente madurez para entender la decisión que él tomo y la que ella deberá tomar cuando todo ha sido sin aprobación de su parte y desconocía que esa tarde él hablaría con sus hijos y Margarita.

Poco a poco se acercaba al lugar donde se vería con su chica, en el conocido restaurant, allí debe estar tal como todas las tardes.

Eran las 7 de la noche y Marianela no llegaba, Adán ya intranquilo y nervioso la llama. Sorpresa, no puede asistir, ella se siente mal, con mucho mareo y dolor de cabeza, no va a su encuentro, le dice, lo lamento amor mío, pero no puedo salir de la cama el mareo me paraliza. Disculpa, no he podido avisarte esperando si mejoraba con los analgésicos que tome hace unas dos horas.

Adán escuchaba sus palabras, y en realidad por el tono de su voz, entendió que realmente se siente mal.

¿Puedo ir para ayudarte? Le pregunta Adán, aquí estoy con mi madre, ella me está atendiendo y hace unos minutos me dijo que si no mejoro me lleva a emergencias. Así cariño, que te aviso, esa fue su repuesta.

Adán quedó preocupado por ella y ese raro malestar y su propia situación, tendrá que seguir en el hotel solo quien sabe hasta cuándo.

Esa noche Adán no durmió, casi toda la noche dando vueltas en aquel cuarto con un pequeño balcón, pensando en tantas cosas, tan solo lleva unas horas alejado de su hogar, de sus hijos y siente el vacío, la ausencia de sus seres queridos. Para cerrar su drama en esa noche, Marianela la bella chica por la cual abandonó su familia, su tranquilidad y su comodidad, está enferma, debe esperar que suceda con ella.

Al fin, llegó las 6 de la mañana, sentado en el pequeño balcón recibió al alba, la primera claridad anunciando el inicio de un nuevo día y vaya que será un gran cambio, un día novedoso, diferente.

Se alegró por esos rayos de sol que comenzaban a asomarse, respiro fuerte, se encomendó a Dios y bajo al restaurant del Imperial para su café acostumbrado, sin leche y poca azúcar.

Al mirar el reloj, ya son las 7.30. no ha recibido llamada de Marianela, nada sabe, nada puede hacer estando ella con su madre, así que debe tener paciencia, llegar al trabajo a la Joyería Marfil, y esperar, solo esperar.

Siendo las 10 y no tener información de su nuevo amor, Adán solicita permiso para faltar en la tarde y dedicarse a dar con ella y saber de su condición de salud.

Insiste con el teléfono cada media hora la llamaba, no hubo repuesta, sabe que su familia cuenta con buenos recursos económicos, así que debe estar en alguna clínica privada de las tantas que hay en la ciudad.

Toma su tarde libre, bien vestido como siempre, perfumado levemente sale en busca de su amada.

Recorre tres de las mejores clínicas, nada Marianela no ha sido atendida, insistía en las llamadas, a tal punto que Hilda, la madre de ella, responde la llamada, "aló, quien llama". Se queda esperando la respuesta y Adán solo le responde, soy un amigo, ella ¿dónde está?

Será que usted ¿es Adán? Si señora, soy Adán, estoy preocupado por ella, anoche me comunicó que no se sentía bien, por favor, dígame ¿cómo esta?

Hilda, siendo Marianela su única hija, con dos varones más, responde que está en revisión, apenas le hacen exámenes hasta no tener los resultados nada sabemos, le dijo con voz preocupada.

Señora, por favor ¿puedo ir a la clínica?

Claro, le responde Hilda, si esta tan interesado, debe ser un buen amigo, estamos en emergencia, aquí nos haremos compañía.

Adán se emocionó, ira a verla, sabrá de ella, su madre le pareció una señora amable y que ama a su hija, no lo intimidó.

En cuestión de 20 minutos Adán hacia su entrada a emergencia de la Clínica San Pedro. Se dirigió directamente a emergencia, allí le darán información sobre su novia.

Con las piernas débiles por su estado de nervios, Adán llega a emergencia. Allí sentada hay dos personas en la sala de espera, una señora como de 50 años, bonita, con su pelo corto negro, bien arreglado, elegantemente vestida y una cartera de marca.

La otra señora igual arreglada, pero más sencilla, más moderada, así que igualmente pregunta ¿quién es la señora Hilda?

Levanta la mano la señora elegante, ¿usted es Adán? Le pregunta, y con un "si" nervioso responde él caminando hacia ella para saber de su novia.

Se siente a su lado, ella le coloca su mano en las de él para brindar más seguridad, pero también para demostrar que necesita apoyo, necesita que alguien le ofrezca ayuda en su situación, no es la primera vez que Marianela sufre de ese mal de mareo y dolor de cabeza, pero en esta oportunidad fue más fuerte siendo necesario llevarla a la consulta de su médico quien la espero por emergencia para hacer un alto en su consulta cotidiana.

Sentados, él le dice que ellos dos son muy buenos amigos, espera no sea algo grave, es una chica muy joven y valiente.

Hilda lo mira, ¿"tú eres el caballero con quien ha salido en estos días?"

Ella misma se responde, "claro que eres tú, blanco, de ojos azules entre los 40 y 42 años, tienes que ser tú.

"Si señora Hilda, soy yo, le tiende la mano, mucho gusto en conocerla. Se que su hija es muy joven para mí, pero créame, la amo sinceramente, ella me ama y esperamos ser felices"

No te preocupes, si ella es feliz contigo, eso me hace feliz a mí, ahora nos debe preocupar ¿qué es lo que tiene, ¿cuál será su diagnóstico?

"Me complace sentirnos apoyados por usted, también le habrá dicho que soy casado con tres hijos, ella aún no sabe que me he separado de mi esposa, deseo casarme con ella, pero hoy precisamente conversaría con ella nuestro futuro, pero no he podido decírselo, es lo que más deseo en estos momentos"

Dejemos eso para otro día, responde Hilda, esperemos las noticias que nos dirá el doctor Parra, por ahora lo más importante.

Callados, con cara de preocupación esperan la repuesta del Dr. William Parra, quien aún está con ella y su minucioso examen.

Ellos, Hilda y Adán, se toman de la mano cuando ven venir hacia ellos el doctor Parra, su cara no dice mucho, esperan les hable.

Hay dos noticias, una buena y otra un poco más preocupante, comienza hablando el doctor William quien como buen médico va directo al diagnóstico: Marianela tiene un pequeño tumor entre el cuello y el cerebro, aquí y señala con su dedo la parte del cuello que se une al cerebro. Ese es el causante de ese dolor que luego provoca un mareo.

¿Esa es la mala o la buena noticia?, le dice rápidamente Adán. Esa es la no tan buena, como ya lo dije, la mala es que se debe operar lo antes posible y esa tumoración no siga creciendo.

De ser posible, yo la puedo internar hoy mismo y proceder a la operación, es cuestión de reunir al equipo, pero eso depende de usted señora Hilda y este caballero ¿es?...

Soy Adán, le responde de inmediato, soy su novio, mucho gusto y se dan la mano, agregando, esa decisión le corresponde a la señora Hilda.

Quisiera hablar con ella, dice la madre, ¿puedo verla?

Claro responde el médico y les señala el camino, ella sabe que le presencia de Adán le hará mucho bien y lo invita a seguirlos.

Vaya sorpresa ha recibido la señora Hilda, pero más aun Adán, esa chica tan joven con un mal en su organismo inesperado y quien sabe si eso tiene consecuencias, daños colaterales, siendo una incertidumbre el futuro de ella y de ellos dos como pareja.

Sorpresa e incertidumbre en ese amor casi inmediato entre ella, Marianela de 22 años y de Adán con 42. Todo queda en manos del destino, de Dios.

EN MANOS DEL DESTINO

Marianela está en la habitación 408, ¿coincidencia con el cuarto del Hotel Imperial donde se hospeda Adán?

Coincidencia, dice Adán al llegar a la habitación donde está su bella chica Marianela.

Al verse, ella con rapidez le extiende los brazos, Adán se apresura y no se abrazan, se besan con amor, no importó ni la presencia del doctor Parra, ni de la propia madre de ella, quien sonríe al ver a su hija feliz.

Hablan lo trivial, como se siente, resultados de los exámenes, como se enteró Adán, y temas así.

Van al meollo del caso, ¿intervención ya?

Eso depende primero de la propia Marianela, luego de su madre y Adán espera por ellas.

Hilda es viuda con su hija Marianela, y dos varones que viven en el exterior, la decisión no tiene un más allá, está en ese momento y en esa habitación, ellas dos deciden y al final están de acuerdo, lo antes posible, se debe evitar complicaciones con el paso del tiempo.

Adán al ver la decisión de ellas dos, estuvo de acuerdo, están en manos del destino, aceptar lo antes posible, luego las consecuencias pueden ser peores.

Así que la operación se fijó para el martes de la semana siguiente, tienen 5 días para disfrutar ese amor ahora que Adán se separó de su esposa como el primer y más importante paso para hablar y decidir por el divorcio. Nuevamente, Adán enfrentando lo adverso, pero está conforme, esas situaciones así se deben afrontar.

Tenía ahora que afrontar lo del divorcio, como primer obstáculo, contar con la aprobación de Marianela, sin ella a favor, ¿de qué vale la separación?

Efectivamente, Marianela pensó que no sería tan rápido, ellos apenas tenían unas semanas como amantes sin tener pleno conocimiento de lograr una unión larga y feliz.

Así, entre un comentario y otro, Marianela le hizo ver que esa decisión fue apresurada, que ella no deseaba romper un matrimonio por un capricho o amor pasajero.

De todos modos, ya Adán había dado el primer paso, con la reacción inesperada de su esposa Margarita, aquella separación sería muy rápida en unos tres meses como señala la ley cuando es de mutuo acuerdo tal como el de ellos.

Marianela, no desea sentirse mal por la disolución de un matrimonio sin esperar ellos dos que su amor fuera lo sólido y sincero que debía ser, así que ya estaba está tomada y aquella situación entre Adán y Marianela que pintaba como un hecho de "fueron felices para siempre" ya no era tanto.

A Marianela le fallaron los cálculos, su bello español se adelantó a los acontecimientos solo queda esperar que tal se entienden con el correr de los meses. Ella es muy joven, Adán está en la segunda etapa de la vida de un hombre. Será en el destino y el tiempo la felicidad de estos dos enamorados.

Igual el divorcio es un hecho, Margarita no acepta ni un arrepentimiento, ni una excusa mucho menos evitarlo por los hijos. Ya ella se hizo a la idea de una libertad a los 37 años con tres hijos ya criados y educados y una calidad de salud que la aprovechara a lo máximo.

Así termino este bello amor de aquellos años 50 cuando comenzaron, quedando en la historia familiar con la silla siempre con su manto rojo colocado del respaldo al asiento como un adorno tradicional y parte de una familia de larga trayectoria.

BUSCANDO UNA QUIMERA

Marianela y Adán, tal como se pensaba esa semana que tienen previo a la operación la disfrutaran a lo máximo, ellos se aman ya no tienen que verse a escondidas, todos saben de su romance, del divorcio y ponen a prueba un amor con tanta diferencia de edad y al cual nadie le ponía freno, tenían todo para ser felices, toda una quimera, un sueño, un idealismo, pero posible.

Su amor lo veían como un imposible, una chica de 22 años, con un señor de 42, aquello no era lógico, tampoco realizable.

Adán, solo tuvo un amor a su novia de juventud a Margarita, con quien no solo tuvieron tres hijos, sino sin otro amor en su camino, sin nivel de comparación, de tal manera que sí, aquel amor de ellos que surgió sencillamente al verlo pasar por el frente de su trabajo y él por la suerte de tener a una enamorada tan hermosa, tan joven, pero decidida, sin frenos a la hora de dar a conocer sus sentimientos.

Ellos, Adán y Marianela, desde el primer encuentro sintieron el chispazo, ese "no sé qué" que manda en el corazón y despertó en ellos esa pasión, ese amor tal vez de locos y atrevidos frente a una sociedad que los ve como extraños.

En esa manera de vencer esa quimera, ese sueño imposible para muchos, ellos se abrazaron, se acogieron y seguirán adelante hasta que las circunstancias y su propio corazón se los permita.

Aquellos días previo a la operación tan delicada de Marianela, los disfrutaron, hasta ese momento su amor no había sido entrega total, y por ello, en ese disfrute se entregaron totalmente sintiendo una felicidad plena, solo la inquietud de tener que separarse para acudir a un quirófano, les cambiaba y alteraba sus pensamientos y pasión.

Adán amo de verdad a su primer amor, a Margarita, fue también un sólido sentimiento que lograron ser felices por más de 20 años, con tres hijos que demuestran al mundo que hubo felicidad en ellos, que sin tener modo de comparación vivieron momentos bellos, felices y pensaban sería para siempre.

Sin embargo, el destino tenía otros planes y en esos momentos Adán estaba frente a otro sentir en su vida y corazón y ella su primer amor, Margarita, así lo reconoció y aceptó de la mejor manera. La presencia no se puede, ni se debe imponer, aquello se acabó, bueno, se acabó y así reconocerlo y seguir adelante que otros planes siempre les tiene el destino.

Aquellos días de amor y pasión hermoso se terminarían, el quirófano esperaba a la bella Marianela y solo desean que el destino no les tenga una mala sorpresa.

Hilda, la madre de Marianela, quien aceptó su romance con el señor Adán, los esperaba ansiosa, debían enfrentar la realidad y se llegó el momento.

Los hijos de él: Roberto, Julio y Andrea, para sorpresa de su padre, se presentaron en el Hospital querían apoyarlo en esos momentos. Chicos adultos, entendieron la posición de sus padres, tanto de Margarita, como del papá, son humanos con sus propios sentimientos que merecen ser felices.

Para Adán fue una grata sorpresa, en realidad los necesita y más en ese momento con una operación tan delicada, así que luego del grato abrazo, allí se quedaron hasta conocer los resultados de la operación.

Entre una conversación y otra, hablaron de sus exámenes, la culminación de sus estudios, los amores juveniles y de Roberto quien en su trabajo trabaja una chica que es arquitecto que es de su agrado, pero aún no se lo ha manifestado.

Así entre cuentos, historias y demás comentarios entre todos incluyendo a Hilda, una señora agradable y sincera, pasaron 5 horas, se pensaba es una operación nada fácil y así fue, sin embargo, todo resultó bien, se debe esperar la reacción de ella al salir de la anestesia.

ENFRENTANDO LO ADVERSO

Ella, Marianela está bien, se ve bien, sus signos vitales, perfectos. Todos al pie de su cama esperando despierte, allí se verán los resultados.

Adán e Hilda, se ven nerviosos, han pasado dos horas y ella aun no reacciona, eso no es bueno, sin embargo, el doctor Wiliam Parra está tranquilo, eso puede suceder con una anestesia para una operación algo larga como fue la de ella. Hay que seguir esperando.

Ya con 8 horas, sin reaccionar, comenzaron los movimientos médicos en el Hospital, llaman al anestesiólogo José Altuve, al personal para médico y comenzó el corre para un lado y el otro en la habitación y en los pasillos.

Adán, sus tres hijos y sobre todo Hilda se vieron, no solo preocupados, sino ella con dolor de cabeza por subida de la tensión, siendo igualmente atendida y controlada.

Marianela dormida, 8 horas sin despertar, de buen semblante, sus signos vitales continuaban normales, solo que no despierta, así de sencillo y Adán como loco por momento se abraza con sus hijos, en otros camina por los pasillos y en otros se sienta con la cabeza entre sus manos. Por Dios que el amor de él hacia ella la logre despertar, se le acercó en tres oportunidades para hablarle y ahora volvía por sugerencia del doctor Parra su médico de cabecera. Igual hizo su madre Hilda, quien no pudo continuar, lloraba, solo lloraba, que su hija hermosa por favor, Dios que reaccione decía mirando hacia al cielo.

A las 10 horas, Marianela abrió los ojos, reaccionó, los médicos nuevamente a revisar sus signos vitales, todo bien, fue solo un susto.

¿Solo un susto? No realmente, Marianela presentó amnesia, para ella todos esos eran desconocidos, su madre, los hijos de Adán y él mismo, nada su mente en blanco, tampoco su propio nombre está en su memoria.

Según el doctor Parra y el anestesiólogo Altuve, esa reacción se ha presentado en casos anteriores. No es normal, pero tampoco preocupante. Hay que tener paciencia.

¿Paciencia? Decía Adán, ¿cuánto tiempo? Caminaba de un lado a otro, mientras sus hijos lo miraban sin poderlo conformar, estaba casi desesperado, que ella su amor, no recupere la memoria no es justo, no se lo merece, ellos tampoco. ¿Qué paso? ¿Qué explicación dan? ¿Por qué pasa eso? Esas y muchas preguntas más se hace con mucha preocupación y tristeza.

Unas 3 horas permanecieron sus tres hijos ahí con él, y ya entrada la noche tenían que regresar. No lo querían dejar así con tanto pesar y dolor que por ratos lloraba.

En uno de esos momentos de calma, silencio entre todos, Roberto, Julio y Andrea se despiden con la promesa de regresar al día siguiente.

Adán abrazado a Roberto, lloró quien también lo hizo disimuladamente.

Allí con ella se quedaron Hilda y Adán. Quienes se turnaban para colocarse a un lado de ella y hablarle tomándole la mano y besarla en la frente.

Eran ya las 2 de la madrugada, ellos aun despiertos, conversan más calmados, de una cosa y de otra, que si es relojero y conocedor de joyas, que se casó con Margarita a los 19 años, que ama a sus hijos.

Mientras que Hilda, buscando superar lo adverso de esa operación, le habló un poco de quien es el padre de ella, de su trabajo, de lo poco familiar que son sus hermanos y tíos y por eso no están allí en esos momentos.

En fin, que hablando Hilda se duerme en el hombro de Adán, y pasan las horas hasta el amanecer.

Al despertar, Marianela continúa dormida, pero, al escuchar las voces de ellos, abre los ojos se muestra confundida, Hilda le da los buenos días, ella la mira no la reconoce. Adán se acerca trata de tomarla de la mano, pero es rechazado, y en esa confusión sale del cuarto, se sienta en una de esas sillas a la espera del doctor Parra y exigir una explicación, está seguro la pasaron de anestesia y allí están las consecuencias.

Es tan lamentable, ellos que se aman, ahora han quedado en el limbo, ella nada recuerda, ni lo reconoce y él sin poder hacer nada para recordarle quien es y el amor que surgió entre ellos.

Por su parte Hilda, su madre, solo llora y se lamenta, de la operación salió bien, el pequeño tumor fue extraído y le harán la biopsia solo para confirmar que no es maligno, porque según los médicos es un tumor sebáceo que solo perjudicaba a ciertos nervios que le provocaban mareo y dolor de cabeza. Así que la preocupación no es por eso, sino por la amnesia esperando no sea duradera.

Ha pasado una hora, cuando llega el doctor Parra, vuelve a examinarla, todo bien, estudiarán la causa de su pérdida de memoria, por los momentos hay que esperar, tener paciencia.

Están en manos del destino, de Dios, Hilda, una mujer religiosa, reza todo el tiempo, la oración hace milagros y en eso confía.

Adán, debe cumplir con el trabajo, está en la joyería, pero su mente en la habitación 408 del hospital, enviando mensajes de salud y amor a su querida Marianela.

Según el doctor Parra, lo de Marianela es cuestión de tiempo, tal vez por algún corto momentos le faltó oxígeno al cerebro, o su extremo estrés previo a la operación la hayan afectado, porque no presenta síntomas para preocuparse, así tanto Hilda, como Adán, confían en su juventud y en el doctor Parra uno de los mejores cirujanos del país. En manos de Dios y el destino...

Margarita con un cambio radical en su vida, comenzó por cambiar su casa, muebles de un lado a otro; de la sala a la terraza, de la terraza al patio, de su habitación los muebles a la de los huéspedes, el comedor para la cocina exterior allí ubicó otro nuevo y cambio de estilo. Sin embargo, la silla familiar, la de generación en generación, solo cambiando su manto rojo continúa en la sala principal, solo cambió de ubicación colocada debajo del gran ventanal que da para el amplio patio de árboles frutales, pero allí a la vista de toda la familia, sin ella se perdería gran parte de la historia que acumula desde aquellos días de abuelas y bisabuelas.

Por allí comenzó Margarita su cambio de vida. Adán le hace falta en cuanto al espacio físico que ocupaba en aquella inmensa quinta, pero siendo sincera, se siente libre de esas responsabilidades de sus comidas a tiempo, los platos que gustaba, los que les son perjudiciales, su ropa siempre limpia, impecable, su closet debidamente acomodado y en fin se libró de esas obligaciones quedándole más tiempo para ella: leer, cocer, ir a la peluquería, jugar cartas con sus amigas, e inclusive ir al gimnasio y hasta a la piscina del Club Náutico donde poco acudía por falta de tiempo.

Era libre, se siente libre y disfrutaba de ser libre después de más de 20 años de casada, Margarita es feliz, aun amaba a su esposo, es el padre de sus hijos y fue su único amor, pero que bello es no sentirse amarrada, estar siempre dependiendo de las tareas del hogar, pero sobre todo de las atenciones para Adán.

En la vida todo pasa, queda en un pasado, feliz o no, igual pasa y solo te quedan los recuerdos, la nostalgia, alegrías y tristezas, es la realidad y es ahora cuando Margarita, a sus 37 años escribe las nuevas páginas de la historia de su vida, con tres hermosos hijos quiénes si sienten la ausencia del padre, del hombre que dirige e impone respeto en un hogar, para ellos, ese capítulo de sus vidas no ha pasado y así los escribirán y dirán a su próxima generación: los nietos.

Margarita generalmente sale con su hija Andrea quien se prepara para celebrar sus 17 años. En esa oportunidad recorriendo el centro comercial Costa Verde, almuerzan en el restaurant ubicado en la terraza, donde por su frescura debajo de inmensos árboles y rodeado por un jardín colmado de girasoles, es todo un espectáculo para disfrutar, de allí el nombre Campo Florido.

Andrea estaba encantada, nunca había visitado tan lindo lugar, estaba embelesada, halagando todo desde las flores, hasta la decoración elegante, pero sin tanta rigidez, al contrario, con colores cálidos, las mesas con manteles en crema con borde en marrón claro, platos dorados y servilletas en forma de flor sobre cada uno. Del techo colgaban lámparas elegantes en blanco y en fin que todo eso, cautivo a su hija menor y es allí donde precisamente está el caballero que se fijó, no en ella, tan joven, sino en su madre, blanca con ese pelo tan negro y ojos intensos que le llamó la atención y sin pena alguna se acercó a ellas, se presentó como Héctor Romero, propietario dándoles la bienvenida en su primera visita, estaba seguro que así lo es, de lo contrario ya le habría llamado la atención, por cortesía de la casa sería un regalo esos primeros platos que les serán servidos.

Tanta gentileza y atención de su parte, Margarita le agradece con una bonita sonrisa, presentando a su hija Andrea quien en unos días cumplirá sus 17 años y precisamente por ello recorren los lugares más llamativos para un pequeño agasajo.

Esa repuesta abrió un diálogo con Héctor, invitándolas a recorrer los salones de los cuales dispone el Jardín Florido para diferentes eventos.

Son tres salones, les explica, uno más grandes que otros y con decoración según sea la ocasión. Así Margarita conversó con Héctor por unos 10 minutos, ordenaron los platos que corren por cuenta de la casa y en unos minutos más recorrerán dichos salones.

Aquel caballero, alto, de pelo negro, ojos azul claro de unos 47 años, fue del agrado de ella por tantas atenciones y agradable trato siendo la primera vez que visitan el lugar.

Andrea, miraba a su madre, con esa sonrisa de mujer buena y agradable pensando que es posible que ahora soltera se le presenten enamorados, ese podría ser el primero.

Efectivamente Héctor quedó encantado con ella, mujer bonita, elegante, decente, educada y por lo que vio esta libre, sin esposo, hecho que comprobara un poco más tarde el dueño del Jardín Florido.

Todo pasa, el divorcio de Margarita y Adán ya pasó, quedo en el pasado.

Sin amarguras, ni traumas, mucho menos escándalos, pasó, esas divergencias pasaron, los hijos sin sufrir trauma alguno, sus padres quedaron en buenos términos y amistad, la vida sigue, todo pasa y cada uno va cumpliendo su destino, su día a día.

Adán con su preocupación, Marianela se ve bien, hasta recién operada, allí en esa cama se ve hermosa, con una juventud que le brota por los poros. De ese trance despertará, algún pequeño inconveniente que superará y ya divorciado de Margarita una buena esposa que sin traumas ni para ella, ni para los hijos, ni para él, superó y con amor e inteligencia continúa llevando su vida, él podrá comenzar una nueva etapa con ella, la joven que lo cautivó desde el primer día cuando lo solicitó en la Joyería.

Por su parte Margarita, tal vez no lo sabe, pero el destino le tiene marcado hechos imborrables, unos agradables, otros no tanto y uno que podría afectar seriamente su vida, sus próximos años.

Son diferentes matices de un matrimonio destruido donde cada uno tomó su rumbo y ya no serán iguales sus caminos, sus vidas.

Solos sus hijos, serán el punto de encuentro, ellos quiénes a pesar de la separación, están a su lado en momentos como ese donde su padre sufre un dolor en su alma y corazón al ver a su amada en una cama, sin recordarlo, sin saber quién es y sobre todo a esa edad cuando ella es su refugio y su esperanza luego de haber entregado a todo a su corazón y a la felicidad que esperaba cuando veía llegar los años sin retorno.

Esa nueva parte de la historia continúa como testigo, la silla con el manto rojo acumulando años de generación en generación que aquellos que vendrán la contaran a los suyos, tal como ha sucedido desde aquellos días de fiestas patronales, luchas patrióticas de los años 50 y 60, que se han escrito hasta en poemas de varios de sus miembros.

Allí sigue, presente como el libro de historia de aquellos apellidos de entonces Molero y Pereira que aún permanecen en sus hijos varones cumpliendo el sueño de sus antepasados de no dejarlo morir.

EL VIVIR ES INVALORABLE

Pasan los días y Marianela aun sin recordar a su gente, a su madre y a quien había elegido el amor de su vida, al español de los ojos azules, a Adán quien la dobla en edad, pero se entendieron muy bien llenos de amor, esperanza y futuro.

Allí Adán ve el valor que tiene la vida, y rogando a Dios que le devuelva a su amor, que en ella regrese la memoria perdida y le dé la oportunidad de vivir intensamente, valorando cada día, cada hora, cada segundo, porque solo en momentos como esos, es cuando realmente se aprecia lo que vale y el tiempo que se pierde en asuntos sin importancia. La vida es invalorable, hay que agradecerla a Dios, hay que disfrutarla haciendo el bien, lo correcto, sin dañar, sin perjudicar, pero sobre todo en paz con Dios, dueño y señor de nuestros días.

Mientras Adán valora viviendo esa situación y realidad con su amor con Marianela, Margarita la esposa que quedó bajo la dirección de su hogar con tres hermosos hijos, aceptó el reto de seguir adelante contra viento y marea, sus hijos serán todos profesionales tal como era la meta de ella y su padre y dará lo mejor de ella para sí misma porque no debe dejarse de valorar, como madre, pero también como mujer, tiene mucho camino que andar y al quedar libre de ataduras disfrutara cada momento, por muy simple que sea como hacer la cena de su hogar, o planificar una largo viaje y conocer los lugares que tanto soñó y bien por criar hijos o por dirigir las actividades de su hogar, con un marido trabajando de 7 de la mañana a las 6 de la tarde, nunca lo logró.

Ahora Margarita, le da valor a su vida, a cada año que va cumpliendo, pero con salud que le permite realizarlo sola, como es su deseo y así lo hará.

La vida tiene su valor, cada quién de acuerdo con sus sueños, ambiciones y deseos, pero definitivamente la vida es invalorable.

Adán pasaba días a un lado de su amada quien aun en el hospital, era necesario sacarla de ese limbo en el cual se convirtió su memoria, los médicos no entendían lo sucedido, no hubo exceso de anestesia, ya estaba comprobado, ella reaccionó el tiempo debido, la operación fue un éxito, por lo tanto, es inexplicable la razón para esa pérdida de la memoria.

Esperaran unos días más, aseguro el doctor Parra, de continuar se hará contacto con el doctor Dubuc, neurólogo francés especialista en casos como ese y en aquellos por perdida de facultades por exceso en la anestesia.

Efectivamente, a los 4 días siguientes deciden comunicarse con el doctor Frank Dubuc, el doctor Parra le plantea la situación de Marianela, señalando que como primer intento le envíen todos los exámenes y en una hora se comuniquen a través del internet con la paciente y poder hacer un primer diagnóstico.

Para estar presente en ese proceso Adán pide permiso en el trabajo considerando que su mama la señora Hilda estará sola, y él además debe saber la decisión del doctor Dubuc, la apoyará en la decisión que haya que tomar.

Todo está bien, señala el especialista doctor Dubuc, no veo la razón, algún bloqueo espontaneo en su mente podría ser, ¿ha ocurrido algo importante en la vida de la joven?

La señora Hilda explica que ella es hija única, que a los 5 años su padre las abandonó sin explicación alguna, se despidió como todos los días y nunca regresó y Marianela, por muchos meses se sentaba en la sala esperando que llegara tal como lo hacía antes de irse.

Si eso puede ser motivo de algún trauma, o bloqueo no lo sé, dice ella, es posible piensan tanto el doctor Parra, como el doctor Dubuc, de ser así es caso para un psicólogo, por qué científicamente ella está bien y su cirugía está cicatrizando perfectamente.

Mientras tanto Marianela habla poco con su mamá y Adán, como si fueran dos desconocidos, casi no se comunica con ellos su tiempo lo dedica a ver la televisión con películas románticas.

Los tres hijos de Adán, esa tarde acuden a la clínica lo continúan apoyando en su situación de salud con Marianela.

Allí conocen de ese nuevo diagnóstico de los doctores Parra y Dubuc, ahora es de psicólogo y se preocupan por su padre que hasta podría perder el trabajo con tantas ausencias y afecte también su estado de ánimo.

El propio Roberto, se ofreció a localizar al mejor psicólogo, al doctor Matheus quien fue su compañero en el bachillerato y mantienen buenas relaciones.

En horas de la tarde del día siguiente, Roberto se presenta en la clínica con su amigo el doctor Matheus, él y Adán lo llevan al doctor Parra como médico tratante de Marianela, allí intercambian opiniones y acuerdan hacerle un estudio a través de un psicoanálisis y ver si hay algún trauma que haya causado ese bloqueo en su memoria.

Para la consulta del día siguiente a las 2 de la tarde se pautó la cita para Marianela, quien sin reconocer que era su novio, con quien más hablaba era con Adán, y fue con él a dicha consulta, sin embargo, Hilda su madre, estaría allí sin ser vista, porque según el doctor Matheus es bueno que ella escuche por si hay algún hecho causante del trauma o bloqueo.

Comienza la sesión, con algo de retraso ella no aceptaba la hipnosis cuando menos lo esperaban comenzó a hablar para ella misma, se decía que era abandonada de su padre, que por culpa de ella se había ido de la casa, que lo molestaba tanto que decidió irse para que lo dejara en paz, por mí, repetía, por mí, papá se fue, me dejo y a mi mamá.

Todos ellos tomaban nota de lo que decía, efectivamente su trauma era por la ausencia de su papá y no volverlo a ver.

Continuaba hablando sobre él y los días que esperó en su cuarto y las buenas noches, nunca regresó, nunca más le dio el beso en la frente, se quedó sola sin papá.

Durante unos 45 minutos ella habló solo de su papá y su ausencia.

Allí había un trauma, no hay duda, se debe tener paciencia, puede que la memoria regrese en un solo momento, como puede ser lentamente, poco a poco, lo ideal sería una reacción súbita y recupere su vida con su pasado y presente, incluso pensando en el futuro porque creo, indicaba el doctor Matheus que ustedes, mirando a Adán, que tenían proyectos que realizar, tal vez un matrimonio, viaje o mudanza, entre otros.

Efectivamente le responde Adán, teníamos en planes casarnos en unos dos meses mientras organizábamos todo, eso la ilusionaba bastante, agregó su prometido.

No hay medicamento alguno, expresó el psicólogo, su mejor medicina son el amor de su madre y el amor de usted Adán, la podría ayudar bastante. Eso de ella, agregó, no creo sea permanente, es transitorio, la anestesia la hizo regresar en su pasado, en un pequeño momento del cerebro y eso bastó para caer en ese limbo con la ausencia de su padre.

No creo equivocarme, al decirles que ella se recupera cuando menos lo esperen, pero será primordial que Adán este a su lado como la figura paterna que perdió.

Así termina la intervención del doctor Matheus en este caso, dejando la mayor responsabilidad en Adán, su amor, y la figura masculina inclusive, por ese mismo trauma, ella se enamora de un señor mayor con quien se siente feliz y cómoda.

En esa realidad que está viviendo Adán valora aún más la vida, todo es necesario en busca de la felicidad, pero también la paz interior y por tanto una vida plena que tanto cuesta y poco se valora.

LA FUERZA DEL AMOR

Mientras Margarita logra la felicidad en su hogar con sus tres hijos ya adultos, encaminados a una profesión y a encontrar el amor que los lleve a la conformación de su propio hogar, ella se siente libre, si es cierto que aún tiene responsabilidad en su casa con ellos tres, no es menos cierto que no está en ella esa obligación con un marido a quien debe atenderlo en comida, ropa limpia, inclusive como deshago sexual muchas veces, sin ella desearlo. Ese peso lo elimino, su vida fluye con más libertad.

Entregada al amor de su familia, vive sus días feliz, con más soltura, se viste como ella lo desee ya sin la aprobación de un esposo, se arregla el cabello en la peluquería todas las semanas, compra ropa en las mejores tiendas y así, ella vive "su ella misma" sin ojos que la juzguen o aprueben.

¿Tendrá Margarita alguna sorpresa de la vida?

Puede ser, es aún una mujer joven a pesar de haber tenido tres hijos y casarse a los 16 años según en aquellos años de su juventud.

En cuanto a Adán, esta entregado a Marianela, no la abandonará, su amor por ella es hermoso, limpio, honesto, sincero y profundo, tal como lo soñaba en sus años 40 lo más débiles y preocupantes para los hombres.

Con la fuerza de su amor logrará recuperarla, que regrese de esa amnesia que no será permanente según el doctor Matheus, y en eso estará inclusive cree renunciar a la relojería y estar con ella el tiempo necesario sin estar preocupado también con su horario de trabajo y demás...

Es la fuerza del amor que domina en él en esos momentos. Considerando que esa tarde dan el alta a Marianela, él que aún vive en el Hotel, Hilda la madre de ella, le propone se mude para su apartamento que cuenta con una habitación ocupada por los libros y demás en una especie de biblioteca de hogar y allí podría tener su cama y usar el closet desocupado solo con algunas cajas de regalo y nada más.

Adán acepta de maravilla la propuesta de Hilda y se muda esa misma tarde, con la llegada de Marianela se completa un nuevo hogar Molero. Será otra historia cargada de amor, que también sumará la silla con el manto rojo con esa separación de los Molero Pereira.

Es indiscutible la fuerza que tiene el amor demostrado nuevamente en ese sentir de Adán por su querida Marianela, a quien logrará recuperar una vez despierte de esa amnesia que está seguro así será.

Han pasado dos semanas, Marianela no sale de su limbo mental, pero acepta las atenciones de Adán y conversa con él de cosas triviales, o comentan las películas que ven y es la manera de acercarse a ella como un buen amigo a quien después de algún tiempo no solo lo acepta, sino que depende de su apoyo para no sentirse sola, aislarse más aun de la realidad que vive.

En una de esas tardes, Adán la invita a pasear por la Plaza República, que más que plaza parece un pequeño bosque con tantos árboles, bonitos jardines, el sector de los niños con columpios, tobogán y pista para bicicletas, triciclos y patines. Es un hermoso sitio, cerca de su casa qué por el trajín de su vida cotidiana, no lo ha disfrutado a pesar de estar allí, a un lado del edificio donde vive.

Adán y ella, lo tomaron como rutina vespertina, todas las tardes al salir del trabajo caminan por varios minutos, unos 20 o 30, luego se sientan a descansar y conversar de lo uno y de lo otro pasando el tiempo.

Esa tarde, Marianela, sorprendiendo a Adán, de manera repentina, lo besa con pasión, con mirada de enamorada, ella, la hermosa joven ahora con amnesia se ha enamorado nuevamente de aquel hombre, aquel amigo que la ha acompañado en sus momentos más difíciles. Marianela enamorada de él, de Adán. Es entonces su amor un amor verdadero con fuerza, con determinación y libertad.

Adán, quedó sorprendido, respondió a ese primer beso de ella, con la misma pasión, luego lo repitieron sin importarles que algunos los miraban. Ellos Adán y Marianela de nuevo llenos de amor, con la fuerza que nada domina al corazón, son ellos, los enamorados de siempre. Con amnesia o sin ella, han demostrado que se aman de verdad. Allí en esa Plaza República se quedaron un buen rato, tomados de la mano, con mirada de un profundo sentimiento que los hizo sentir felices, llenos de vida, no importa lo que suceda, no importa, incluso si vuelve de la amnesia o no, es igual, están enamorados y esa noticia alegró mucho a Hilda, su madre.

Que alegría sintió ella, su hija Marianela se veía feliz, a ella no la reconocía como madre, pero sí como la amiga que la apoya, la ayuda en todo y ahora le acepta a Adán como su pareja.

Se impuso la fuerza del amor, de él hacia ella y ahora de ella hacia él.

Todo parece indicar que Marianela al declararle nuevamente su amor a Adán, estabilizó un poco su mente y carácter dando señales de recuperar la memoria en los próximos días normalizando la relación sentimental entre ellos.

Sin embargo, para ella ha sido borrón y cuenta nueva, es decir de su pasado con él, aquello de ser relojero y buscarlo en su trabajo donde se iniciaría su romance, saber que es divorciado con tres hijos, de nada se acuerda, ese beso apasionado, fue un inicio, o tal vez su mente o memoria la traicionaron y tuvo el impulso de ese beso como los tantos que tuvo con él hace unos pocos días atrás.

Sea como sea la realidad, los dos amándose como en sus primeros momentos, valió la pena todo lo sucedido desde el día cuando le diagnosticaron el tumor y seguido la operación con sus consecuencias que ha demostrado sobre todo a Adán, que entre ellos en realidad surgió un amor sincero. Valió la pena, se repetía Adán a cada rato al comprobar que Marianela en verdad lo ama, él temía qué al despertar su memoria, hubiese cambiado en sus sentimientos.

Ahora confirma, qué aun despertando de su limbo mental, o continuar sin recordar, igual lo ama y no tiene reparo para demostrarlo, entonces deduce que todo volvió a su lugar, él la ama realmente y ella también a él. En esos momentos eleva sus ojos al cielo agradeciendo el resultado de todos esos sucesos de los últimos días.

Era extraño haber sentido dos veces ese amor, con la misma intensidad de su amor por Margarita en sus años de juventud, sea el mismo que ahora siente por Marianela una chica que desde el mismo momento de conocerla sintió ese mismo chispazo en su corazón.

No todo sería felicidad entre ellos, Hilda la mamá de Marianela, sufrió un infarto fulminante y allí mismo en su habitación, falleció ante el asombro de su hija quien hasta ese momento no había recobrado la memoria, por eso el asombro de Adán que en medio de esta tragedia que significaba la muerte inesperada y repentina de Hilda, Marianela gritaba ¡madre, madre! Había ¿recobrado la memoria? ¿fue una reacción involuntaria, un reflejo en sus recuerdos?

La situación y ese momento tan confuso, Adán no sabía cómo reaccionar, si atender a su amada en esa confusión de su mente, o correr y llamar al 911 pidiendo apoyo, un auxilio, fueron segundos, unos pocos minutos en ese caos de emociones.

Mientras Marianela sobre el cuerpo de su madre, lloraba desconsoladamente, ella era su único familiar, su apoyo, su todo y al verla inerte, sin reaccionar, su golpe tanto mental, como sentimental fue determinante y su memoria regresó.

Todo aquello ocurrió en instantes, el tiempo pareció detenerse y todo ocurría al mismo tiempo, tanto el hecho en sí con el infarto de Hilda, como la recuperación de la memoria de Marianela y el no saber que hacer de Adán, aquella rapidez en los hechos fue todo confusión y mientras Hilda allí sin recibir auxilio, ayuda, y fue precisamente Marianela que en uno de esos claros en su memoria gritó a Adán, ¡llama al 911, pide ayuda!

Así reacciona él y a los pocos minutos llegaron los paramédicos solo para confirmar que no había nada que hacer, la muerte de Hilda fue instantánea, inesperada, ella nunca manifestó sentirse mal o tener algún dolor, nada todo fue así de rápido y Marianela se vio sola desamparada, su madre era todo lo que realmente tenía antes de conocer a Adán y ahora caía en una incertidumbre al desconocer si sinceramente él sería su apoyo y su compañía.

Dos días antes, Margarita y Adán firmaron el divorcio de mutuo acuerdo, entre ellos no hubo reclamos, ni gritos, ni lamentaciones, sencillamente tomaron esa separación como el fin de una época y el inicio de otra, así de simple y sencillo. Sin rencores, sin quejas, nada de eso, la propia Margarita se sorprendió por su reacción, tal vez sea, que tantos años de casados y desde tan temprana edad, aquella unión era una pareja más de amigos, qué como marido y mujer, así que cada uno siguió su destino, su camino.

Esa muerte repentina de Hilda, el destino les dio un cambio radical a ellos dos, el divorcio de él quien quedó sin casa, sin la familia que no sería igual y ahora Marianela quedar huérfana, sola con su vida, en una gran interrogante, y tan solo Adán podía buscar el equilibrio que necesitan para continuar sus vidas.

Fueron días grises para ellos, sombríos y así lo escribe ella, Marianela, en un diario que comenzó la misma noche del fallecimiento de su madre, diario que lo continuaría para mantener la memoria y a la vez ser el "respaldo" en caso de una nueva amnesia.

Por su parte Adán, regresó formalmente a su trabajo, logró una estabilidad en cuanto a vivienda, el apartamento de Hilda fue el lugar para iniciar un nuevo hogar con su joven amada, pero desde ese día cuando muere su madre y ella recobra la memoria, no fue la misma, aquella alegría y fogosidad que tanto enamoraba a Adán desaparecía con los días, no parecía sentir el mismo amor por él, no con la misma fuerza y eso no solo le preocupaba, sino que hacía mella en sus sentimientos.

Aquella fuerza del amor que sentían disminuía, él así lo sentía, ella no fue la misma y todo parecía indicar un final mucho antes de los esperado sobre todo para Adán quien a los 43 años le dio un giro a su vida con un divorcio de 23 años y tres hermosos hijos, al enamorarse de ella, una chica de 22 años, alegre, fogosa, apasionada y sencilla, pero que ahora no era igual, no sabe si es por el tiempo sin memoria que le cambio la personalidad y algunos muy bellos y gratos recuerdos con él, o por el fallecimiento de su madre, único ser familiar para ella. El caso es que Marianela cambió, se veía fría, indiferente, sin pasión, vivía por vivir, no se arregla como antes, no se ríe como entonces, ha caído en un inicio de depresión.

¿SUEÑOS Y ANHELOS PERDIDOS?

Adán ese día tomó la decisión de hablar con ella, enfrentar la realidad, ¿se le acabó el amor por él?, ¿adiós sueños y anhelos? Hay que aclarar, reaccionar o decidir, en ese limbo de vida semi insípida que llevan no llegaran a nada y de continuar así es mejor terminar y cada quién seguir su camino a pesar de no querer dejarla sola, él la sigue amando como el primer día, no desea separarse, mucho menos abandonarla si atraviesa una depresión por la muerte de su mamá, pero seguir así tampoco es lo ideal.

Tenían tantos sueños, tantos anhelos que es lamentable estar atravesando esa crisis amorosa con tan poco tiempo juntos, pero ella a sus 23 años recién cumplidos y él a los 43, tienen tiempo para reencontrarse o iniciar un nuevo camino. Esa noche hablara con ella, es una decisión tomada.

 Aún con su trabajo en la boutique, él en la joyería, recordó aquellos días cuando lo esperaba detrás de la puerta para halarlo y besarlo, hecho que lo enamoró de inmediato y ahora eso está en el pasado.

Al salir del trabajo a las 6 de la tarde al buscarla, como lo viene haciendo, no fueron al apartamento como su rutina, sino a un restaurante para conversar y aclarar aquella unión que moría de mengua y tristeza, se le escapaban a él sus sueños y anhelos en la segunda etapa de su vida amorosa.

Sin entusiasmo alguno, ella lo acompañó, también deseaba aclarar sus sentimientos y la realidad que viven, así que aquello no pintada bien, tampoco un final feliz, como decían nuestros abuelos, "murió el amor, adiós sueños y anhelos".

Por mucho empeño de Adán por hacer reaccionar a Marianela, ella mantuvo su actitud, apática, indiferente y fría. Esta deprimida y allí la raíz de la situación.

La muerte inesperada de su madre y aquella ausencia de su padre, están en su mente radicalizada y Adán no la puede sacar de esa situación, sino ella misma, es ella quien debe reaccionar y salvar no solo su amor con Adán, sino su propia felicidad, paz interior y estabilidad emocional.

Regresan al apartamento, tal como salieron en un ambiente de sentimientos detenidos con una rara incomodidad para Adán que desea salir de aquella realidad que ya le afecta.

Sueños y anhelos quedan atrás, detenidos por los momentos, no sabe él que hacer, pero debe también reaccionar y poner punto final o terminaran los dos rotos en alma y corazón.

Adán con su procesión por dentro, y Margarita la madre de sus hijos, con la suya, todos esos eventos de unos y de otros, ante el juicio silencioso de aquella silla con el manto rojo, como fiel testigo de esas realidades, unas buenas, otras no tanto y otras conflictivas, de esa familia Molero Pereira, que la transferían de una generación a otra, con hechos en manos del destino.

Margarita mujer aguerrida, imbatible, problema que se le presenta, problema que resuelve y en uno de esos tantos, se vio obligada a acudir a Adán, el padre de sus hijos para salvar el patrimonio que le dejaría después de años de dedicación y empeño.

Al separarse de Adán, ella con el dinero ahorrado en sus 22 años de matrimonio, adquirió una fábrica de papel, cambiando su nombre por Papeca (Papeles Pereira compañía anónima) teniendo como su administrador a Roberto su hijo mayor en quien confiaba toda la parte financiera y manejaba la cuenta bancaria con toda libertad teniendo la total confianza de su mamá.

Durante los primeros meses la manejó de la mejor manera inclusive extendiendo la fábrica un poco más en servicios al cliente y logró manejar y distribuir a papelerías nacionales en sectores donde ellos no habían logrado entrar, en esa parte del país en el occidente, fueron sus distribuidores absolutos.

Así Papeca adquirió fama nacional como una de las mejores del país y con ellos aumentaba su capital ganándose la confianza de la banca nacional.

Este auge y flujo de dinero, le facilitó a Roberto viajar, aun soltero que gustaba de casinos y demás juegos de azar, escogiendo para esos viajes lugares turísticos donde disfrutaría de esas diversiones.

Estando en una de esas islas paradisiacas, un grupo de mafiosos lo observaros, a corta distancia se notaba su falta de astucia para jugar, simplemente es un joven con mucho dinero, que gusta del azar como diversión y emoción.

Uno de esos mafiosos Humberto, hace amistad con él mostrándose amable, buen jugador para ganarse su confianza y hacerle invertir y darle nuevos créditos que lo motivaban a seguir hasta altas horas de la noche.

En uno de esos viajes, Humberto le presenta a Olivia una bella dama de unos 27 años, morena de ojos atigrados, pelo negro y cuerpo sofisticado, quien en realidad le agradó Roberto, no tanto por su buen porte, sino por inocente, sencillo y confiado. Era un niño en manos tan mafiosas como Humberto miembro de ese grupo de "cazas bobos" en casinos y demás lugares con juegos de azar.

Olivia, desde el primer momento aquel joven lo vio con buenos ojos, y trataba de guiarlo en el juego, sobre todo en las cartas para que no perdiera tanto dinero, eso le valió un regaño y dos bofetadas de Humberto exigiendo cumpliera con su trabajo, hacerle gastar todo el dinero posible.

Esa noche Olivia solo se dedicó a estar a su lado y hacerle una que otra caricia para ganarse su afecto.

Terminó el fin de semana, Roberto regreso a su país, a su trabajo, después de perder una alta suma de dinero entre las cartas, la ruleta y otras diversiones.

Al llegar a Papeca, revisó las cuentas, no podía darse el lujo de seguir jugando, de gastar más dinero de la empresa, había compromisos que cumplir, cheques en tránsito y pago de nómina.

El dinero gastado en el Casino no era de su cuenta personal, allí no quedaba nada solo lo mínimo para evitar la cerraran, así que lo gastado en la isla, en el casino era una gran deuda que adquiría con Papeca y para reponer esa suma, no tenía otra manera según él, que volver al casino a recuperar lo perdido. Es la manera de los grandes jugadores y él no es uno de esos, para recuperar lo perdido, así que el riesgo era mucho y debía ir con cautela.

A toda esa situación con Roberto, Margarita desconocía tanto los viajes seguido de su hijo a la isla, como su vicio adquirido al juego.

Y confiada en su hijo, no revisaba el estado de cuenta de la empresa, acumulándose el déficit a la hora de cobrarse los cheques de pago a los proveedores y demás compromisos.

Ese último fin de semana que visitó Roberto a la isla y sus casinos, cerró con una perdida millonaria buscando recuperar todo lo perdido, invertía a manos llenas teniendo además una deuda con Humberto y sus secuaces quienes fingiendo ser sus amigos le facilitaron todo lo que requería estando muy cerca de entregar a Papenca a través de un negocio sucio con esa mafia, negocio que Olivia no permitió al advertirlo de los fines de ese documento.

Humberto salió rápidamente del casino al aeropuerto llevándose a Olivia a quien amenazaron con matarla por traidora.

Aquello fue un escape tipo película, corriendo a comprar en la taquilla los dos pasajes, esconderse de los mafiosos hasta abordar el avión y así en ese momento se salvaron de ser capturados por Humberto y sus matones.

Pero Roberto no se salvó de la crisis que generó en Papeca, en su hogar y en su propia vida al traerse a Olivia una prostituta al servicio de la mafia de los casinos en islas turísticas como esa donde estuvo en varias oportunidades.

Por varios días Olivia estuvo refugiada en un hotel allí en la ciudad de Roberto, es otro problema adquirido por él que cada vez se complicaba más su vida, y a la empresa y al final todo reventaría por lo más delgado, en Margarita su madre, dueña y señora de Papeca y por lo tanto quien tiene que responder por los cheques sin fondos, el pago de personal y demás compromisos cada vez más en manos de un destino incierto, un futuro difícil.

Eran las 11 de la mañana, Margarita atendiendo un nuevo cliente solicitando un gran despacho de bolsas de papel con agarraderas, cuando Julio le informa que el juez Mosquera con un tribunal la solicita en la entrada de la empresa.

Margarita se levanta de la silla sobresaltada, así delante del nuevo cliente recibe tremenda información, se disculpa y apresurada sin tener idea de la razón para esa tan sorpresiva visita de un tribunal.

Bajando las escaleras se preguntaba ¿un tribunal? ¿por qué allí el juez Mosquera? Algo mareada, pero reaccionando a la situación, llega al frente y efectivamente allí estaba él con su secretaria y dos abogados. Hubo el saludo cordial de protocolo y con la mirada le preguntaba al juez cuál es la novedad, así que Mosquera, le señala que viene a cumplir un embargo contra Papeca por la emisión de cheques sin fondos por una alta cantidad de dinero, es decir una estafa contra tres proveedores de la capital quienes están allí representados por sus abogados Giralte y Torres, estos últimos saludan con gesto de la cabeza a la sorprendida Margarita.

Ella los invita pasar a su despacho a fin de aclarar porque sinceramente no sabe de qué hablan, cual es la estafa, de parte de quien la demanda y en fin conocer los detalles.

El abogado de la empresa Nerio González, está en esos momentos en la capital abriendo nuevos caminos con el fin de abrir una sucursal.

Es ella Margarita, quien recibe toda la información, aterrada con aquellas pruebas presentadas por el juez Mosquera con cheques por altos montos, con muchos ceros tiene ante ella.

Llama a Roberto quien en ese momento no está en su oficina, sino atendiendo a Olivia a quien resguarda en el Hotel Imperio buscando la manera de solucionarle su situación, recibe la llamada de su madre a quien en el saludo la sintió rara con voz de preocupada y no es para menos, recibe entonces la información de la acusación de estafa en la voz llorosa de Margarita y llevándose las manos a la cabeza como señal de preocupación, se entera que la estafa se consumó y ahora está su madre y Papeca en tremendo problema por él, por su vicio al juego y por inocente en manos de los mafiosos de Humberto.

Olivia escucha los hechos, logra calmar un poco a Roberto, pero así no sacará a su madre, a Papeca y a la familia de tremendo problema.

Sale de inmediato a dar la cara por su mamá y por la empresa, él asumirá toda la culpa y dirá todo lo sucedido.

Con la explicación culpándose de lo sucedido y ante la mirada sorprendida de su madre, los abogados Girarte y Torres, se miran, moralmente es una situación dura para una familia como los Molero Pereira de reconocida solvencia moral siendo víctimas de un hijo que cayó en las redes del vicio como jugador en casinos y donde los propietarios como su madre y sus otros hijos son inocentes, tres víctimas más de esa situación.

Giralte y Torres, llaman a un lado al juez Mosquera, señalan que ellos pueden dar un lapso de espera y dar tiempo para resolver ellos de alguna manera, la intención no es ni quitarles la empresa, ni cerrarla, solo buscan recuperar su dinero que es a su vez capital de sus empresas.

El juez Mosquera, responde que si se contempla en casos como este donde las partes involucradas acuerden la solución dando el plazo que estimen.

Cuando discuten esos términos, llega Adán respondiendo la llamada de urgencia de Margarita, pero sin saber de qué se trata.

Entra al despacho de Margarita en la parte alta de Papeca y se sorprende al ver a un tribunal redactando un documento.

Margarita le pide se acerque, lo presenta a los involucrados y allí conoce de la gravedad de la situación mirando con extrañeza a su hijo Roberto protagonista de todo eso.

Mosquera y los abogados Giralte y Torres, acordaron dar un plazo de 15 días para introducir nuevamente los cheques. Termina la actuación del tribunal, todo se resolvió por ahora en buenos términos al reconocer Roberto toda la culpa y responder ante la ley como debe ser.

Los Molero Pereira nuevamente en manos de un destino que parece ensañarse contra ellos tanto en la parte económica, como sentimental, crisis provocadas como en ese caso.

Adán hace el reclamo ante su hijo Roberto exigiendo busque la manera para cubrir esos cheques y salve a la empresa que ha logrado mantener su mamá Margarita con buenos resultados.

"Tú no tienes moral para hacer algún reclamo, cuando dejas a mamá, una excelente esposa por una aventura de los 40 años, no me exijas, lo que tú no has hecho" responde Roberto de manera agresiva, sorprendiendo a su madre quien nunca lo había visto tan alterado, ni falta de respeto a su padre, exigiéndole que se calle, "no te acepto esa actitud" enfatiza Margarita recalcando que Adán nada tiene que ver con la crisis que él provocó endeudando a la empresa por su afán de jugar en casinos y darse el lujo de viajar todos los fines de semana, "así que tienes 15 días para resolver esta crisis que tú mismo provocaste", le enfatiza una madre que ve como su hogar poco a poco se cae en pedazos.

Ya más calmados, Adán y Margarita que no se habían saludado formalmente, se abrazan en un amistoso momento que bajó la tensión que había sobre todo entre Roberto y su padre.

"Déjanos solos, en casa terminamos de hablar tú y yo", dice Margarita a Roberto, señalándole a Adán se siente en el sofá frente a ellos.

"Algo te pasa, tienes algún problema, además de este con Roberto" continúa Margarita poniendo su mano sobre la de él, agregando "sabes que puedes contar conmigo y tus hijos".

"Si, estoy atravesando una situación incómoda con Marianela, se tuvo que operar casi de emergencia, al salir de la anestesia estaba sin recuerdos, amnésica, después de unos días se le muere su mamá, una buena señora, y desde entonces tiene una actitud fría, apática y estamos tratando de superar ese cambio en ella", señaló Adán, agregando que son cosas que pasan no tan grave como la crisis en la cual esta Papeca por las locuras de Roberto.

"Lamento todo eso, sabes que no te deseo nada malo y estaremos aquí para cuando nos necesites, has sido un buen esposo y padre, y nunca te podemos abandonar", le decía Margarita siempre sosteniendo sus manos entre las suyas.

En cuanto a Roberto, dice Adán, "voy a tratar de ayudarlo, dime de cuánto dinero estamos hablando para hablar en la Joyería con el señor Gómez, y ahí veremos cómo él después me cancela porque debe aprender la lección y cumplir sus compromisos".

Estando allí con Margarita, recibe la llamada del trabajo de Marianela, no se presentó en la boutique y preguntaban ¿si estaba enferma?

"Me tengo que ir, Marianela no fue a trabajar", lo dice levantándose, da un beso en la mejilla a su exesposa y baja rápidamente las escaleras, preguntándose ¿dónde estará su amada?

¿Por dónde comenzar a buscarla? Pasará por el apartamento, él la dejó vestida para ir al trabajo.

Allí no está, no dejó nota, tampoco arreglo la cama, ni guardo el pijama como siempre, ni había platos usados en la cocina, no desayunó, no tomó café, nada Marianela continuaba mal, deprimida y sin rumbo en una ciudad que pocas amistades tiene, por no decir ninguna, y sitios que acostumbra a visitar no lo sabe bien.

Sentado en la plaza donde alguna vez fueron, reflexiona, piensa, ¿a dónde pudo ir?

Llamó a la joyería preguntando si Marianela lo fue a buscar. Siendo negativa la repuesta.

Crece la preocupación, ¿dónde estará? En ese momento, como iluminado por Dios, Adán tuvo un palpito iría a la iglesia cercana al edificio donde velaron y rezaron a Hilda su madre.

La iglesia está a cuadra y media, caminó hasta allí. La consigue cerrada, da la vuelta buscando la casa curial y al tocar la puerta, el sacerdote, un señor alto, con ojos azules, es extranjero, al abrir sin esperar la pregunta de rigor, dice rápidamente ¿busca a una chica?

Adán se sorprende, si, ¿está aquí?

"Pase y véala usted mismo si es la que busca, está allí sentada desde que terminó la misa y no se ha movido, daba la impresión de estar esperando a alguien, tal vez a usted" conversaba con Adán mientras buscaban el lugar del altar y las sillas para visitantes.

Si, es Marianela, definitivamente ella no está bien, es necesario buscar ayuda. Se le acerca, se sienta a su lado, la toma de la mano y ella al verlo lo besa, con tanta pasión y amor, que hasta el propio sacerdote se admiró al ver tan bella acción y conmovió a Adán al extremo de llorar en silencio, pero unas lágrimas corrieron por su mejilla, lágrimas que ella secó con sus manos en demostración de su amor hacia aquel hombre que también la ama intensamente.

¿Sería que Marianela recobró la memoria?

No lo podía saber aun, la abrazó y salieron caminando por el pasillo de la iglesia, al pasar por el altar y ver la imagen de Cristo en la cruz, ella se inclinó haciendo la señal de la cruz, gesto que imitó Adán agradeciendo al Señor por todo y ojalá haya regresado su memoria.

Poco a poco se fueron caminando hasta el apartamento, ella de vez en cuando lo miraba y sonreía, cuando llegando cerca, le dijo al oído "te amo", se soltó de su mano y se lanzó al carro que venía siendo atropellada ante la mirada desesperada de Adán, fue hacia ella, no había nada que hacer, Marianela ha quedado muy golpeada, el chofer del carro, una señora joven de unos 30 años, saltó gritando que ella se lanzó, no le dio tiempo a evitarla, ayudó en su carro a llevarla a emergencia de una clínica que es lo más cerca que tienen.

Adán no sale del asombro, no piensa, no reacciona sobre aquel intento de suicidio de su querida Marianela, como un autómata hace las cosas, ni grita, ni llora, no habla, nada, ha quedado impactado sobremanera y a duras penas la carga en sus brazos caminando por el pasillo de la clínica hasta emergencia, allí se la reciben dos médicos, le examinan el pulso, aún sigue con vida y la llevan en camilla al quirófano a fin de examinarla en detalle.

Sus lesiones son leves, no hay gravedad alguna, el carro venía a baja velocidad y tan solo la golpeo en los hombros y brazos, sin mayores consecuencias.

La dejan bajo observación por unas horas, mientras Adán espera al lado de la señora que la atropelló, quien responsablemente se quedó a la espera de los resultados.

Conversa con Adán quien le narra los últimos días que ha vivido con ella desde la operación de emergencia en el cuello, hasta ese día cuando la consiguió en la iglesia.

Tal vez enviada por Cristo, quien la atropella es psicóloga, la doctora Trina Azuaje, quien con atención escucha la historia de Marianela reconociendo que su problema es un viejo trauma que lo tenía en el subconsciente, con la operación se le activó y desarrollo ese cuadro depresivo severo necesitando atención.

Allí a un lado de Adán se quedó hasta saber el diagnóstico definitivo de los médicos de la Clínica Central.

A finales de la tarde, dan el alta a Marianela, físicamente no tiene lesiones graves, solo raspones en piernas y hombros, nada de qué preocuparse.

Adán, de ser un hombre del común, con una vida tranquila, sosegada, con una familia normal, ha caído en una situación conflictiva en su vida privada, en su trabajo y en la familia con la crisis en la empresa de Margarita y la actitud poco decente de Roberto.

En la Joyería le han llamado la atención varias veces por sus ausencias, sus llegadas tarde, solicitud de permisos muy seguidas y en fin tiene en peligro su trabajo estable y a gusto allí en el Zafiro donde labora desde joven.

Debe poner orden en su vida, así no puede continuar, pero por ¿dónde comenzar?

La crisis en la empresa de Margarita es grave corren los días y son 15 el plazo dado por el tribunal, Marianela en crisis emocional y sola, su madre ha fallecido, él a punto de ser despedido tiene que cumplir diariamente su trabajo.

En esa situación, el destino ha vuelto un ocho su tranquila y rutinaria vida, así se acordó así mismo, atender el trabajo en la joyería lo puede solucionar solicitando una de las tantas vacaciones vencidas esperando que ese tiempo le permita cerrar esa parte crítica de los últimos días.

ENTRE PASION Y DESVELO

Adán se encuentra entre la pasión que siente por Marianela y el desvelo que significa la crisis en su familia con la acción delictiva de Roberto.

Teme que a su edad ya no está para amores tan apasionados, y a su vez conflictivos, sin embargo, ese sentimiento por su joven y hermosa chica, no lo quiere perder, y estará con ella todo lo que su destino y el de ella se lo permita.

La consulta con la doctora Azuaje es esa tarde a las 5, allí estarán con la esperanza que Marianela se recupere, sea nuevamente la chica de la cual se enamoró perdidamente al punto de abandonar a su buena esposa e hijos, confía en recuperarla y seguir adelante con toda felicidad.

Roberto desde el momento de ver a un tribunal en la empresa de su madre, con una orden de embargo por su culpa, no ha dejado de beber acompañado por Olivia, la chica que se trajo desde la isla para salvarle la vida, una de esas que utilizaba Humberto, con la diferencia que esta es de buenos sentimientos, obligada por las circunstancias le aceptó el trabajo en el casino de la isla para sobrevivir, tener por lo menos para cancelar sus necesidades básicas, comida y un techo donde refugiarse.

Cuando conoció a Roberto vio que no era del mismo tipo de los hombres jugadores asiduos visitantes de los casinos. Eso fue decisivo para ayudarlo en esa situación de estafa obligada haciéndole firmar unos cheques con dinero perteneciente a la empresa de su mamá.

Ahora son buenos amigos ayudándose uno al otro, y en esta oportunidad Roberto es acompañado por ella, al sentirse solo alejado de su familia y de los pocos amigos que tiene.

Olivia es una joven de 25 años, rubia de ojos castaños, da la impresión de ser española, pero en realidad es latina hija de padres italianos con muchos años en el Caribe.

A los 18 años quedo huérfana cuando sus padres fallecen en una embarcación en el mar Caribe víctimas de una tormenta. Desde entonces ha trabajado por su cuenta en diferentes lugares siendo el último en el casino de la Isla donde conoció a Roberto, cliente que se lo presentó Humberto con los fines que ya se conoce en cuanto hacerle gastar mucho dinero e ingerir alcohol.

Aún no se ha prostituido teniendo la esperanza que algún día se conseguiría con un hombre como Roberto que le permita salir de ese mundo, de ese trabajo.

Roberto la sacó de allí, es verdad, pero no por amor o por otro interés, sencillamente para salvarla de las garras de Humberto al desafiarlo y no comprometerlo en un negocio más turbio.

Mientras, han pasado los días, la residencia de los Molero Pereira, se ha convertido en un conflicto agudo, tanto por la crisis económica donde se puede perder la empresa Papeca, como por Roberto y sus malos caminos, los enfrentamientos entre ellos y la crisis emotiva de Adán a consecuencia de la amnesia de su pareja y su estado depresivo. Cada uno con su rollo, de una u otra manera, la paz y armonía de ese hogar se ha perdido entre desvelos, pasión y confusión, la silla con el manto rojo sigue presente, solo la mueven de un lugar a otro, a un lado del sofá, o debajo de la lámpara de pie, quizás esa otra vez debajo del espejo de la pared más angosta, el caso es que sigue acumulando años en el transitar de la historia de la familia.

Los conflictos y problemas no cesan, mientras Adán trata de superar su mal momento con Marianela y su crisis existencial, él buscando los 400 mil pesos para cubrir los cheques del sobregiro en el banco, quedando solo 10 días para arreglarlo, sin ser esa una responsabilidad directa de él, por estar divorciado, por ser Roberto mayor de edad y porque definitivamente los cheques no son de su autoría, está preocupado por Margarita su primer amor, la madre de sus hijos y ser una esposa como pocas, y quien podría perder la empresa que además de ser el sustento para ella y sus hijos, fue producto de su esfuerzo y del ahorro de varios años, no es justo por una pésima acción de Roberto, el hijo mayor, quede en la banca rota.

El por conciencia, por respeto y consideración a Margarita y definitivamente por el bien de la familia, debe solventar esa crisis y así lo hará no escatimando esfuerzo para ello.

En sus más de 30 años trabajando para la Joyería Zafiro, ha acumulado un capital que lo tenía allí a buen resguardo para sus años de retiro, sin embargo, piensa recurrir a esa solución aún sin hablar con el señor Rafael Gómez porque se trata de una suma considerable para retirarla de un día para el otro.

Pronto sabrá la repuesta, en el receso del mediodía conversará sobre el punto y sabrá a qué atenerse esperando todo sea positivo por el bien de la familia.

En su apretada realidad en horas de la tarde, acompaña a Marianela donde la psicóloga Trina Azuaje, pensando todo el tiempo la respuesta que recibió del señor Gómez en cuanto a sus prestaciones, tema que apartó por un rato para cumplir con su pareja y saber del diagnóstico sobre su situación.

Marianela tiene su psiquis perfecta, solo es un estado inicial depresivo que requiere de un medicamento y cambio de ambiente y realidad, traerla a su presente con su amor que es Adán y podría ser un trabajo que le exija más a su actividad y no en la boutique donde no tiene actividad, ni compañía siempre sola esperando alguna cliente.

No es nada de qué preocuparse le indica la doctora a Adán con el antidepresivo mejorara lo suficiente para retomar su vida normal, pero es muy favorable se ubique en otro trabajo más dinámico.

Restando ya solo 9 días para la fecha de los cheques, Adán conversa con el abogado de la Joyería Marfil, Marcos Pérez, le plantea el caso aconsejándole que es Roberto causante de la situación, es mayor de edad y tiene activos como un carro, una moto, relojes y prendas de oro, quien debe buscar la solución y él, como su padre y protegiendo la casa hogar de todos, ayude de alguna manera, pero no debe asumir toda la deuda que no buscó, ni dinero que disfrutó.

Al fin, alguien le habló claro y sincero a Adán, de quien, por ser correcto, amar a su familia y ser responsable, muchos abusan y en este caso es su hijo, Roberto que a pesar de la crisis que ha desatado en el hogar de sus padres y hermanos, está alojado en un hotel y sigue pensando en jugar supuestamente para recuperarse y pagar las deudas.

Yo me encargaré de él, le dice el abogado Pérez a Adán, lo citaré y resolveré el caso con él, no con usted, esté tranquilo le notifico lo acordado, y con apretón de manos terminó la conversación.

Marianela, con el antidepresivo le fue de maravilla, esa mañana se levantó con el ánimo de siempre, propio de su juventud, belleza y sana vida con el amor que el destino le presentó, así que esa mañana, Adán se encontraba afeitándose en el baño, lo tomó o mejor dicho lo haló de una mano, lo arrastró hacia ella y con un beso intenso lo llevó a la cama y allí pasaron un buen rato, solo hablando sandeces, tonterías, pero cargadas de amor, fueron minutos maravillosos que ambos se merecían y por eso el disfrute fue bienvenido para sus ánimos adormecidos por unos días.

Ella decidió cambiar de trabajo, tenía razón la doctora Azuaje, necesitaba más actividad, acción, igualmente cambiar de rutina, se inscribió en un gimnasio, renunció a la boutique y dos días después comenzó a trabajar como asistente en la gerencia de seguros más grande de la ciudad donde mantenía contacto constante con el personal y clientes.

En aquella casa, aquel hogar de los Molero Pereira, resolvían un problema, llegaban otros, de diferentes matiz y profundidad, pero problemas al fin.

Y la silla con su manto rojo del respaldar al asiento, ahí, siempre ahí, como parte misma de su historia, cultura y tradición.

El abogado Marcos Pérez tomó las riendas de Roberto, tenía que responder él por la deuda y la crisis en Papeca, y de saber de sus andanzas en juegos y casinos, él mismo lo demandaría por estafa y robo a su propia familia, hechos amenazantes que en verdad se lo cumpliría como ejemplo de seriedad y respeto a la palabra dada. Esa actitud del abogado liberó tanto a Margarita, como a Adán, de la presión ocasionada por el hijo mayor enfrentándolo a la realidad de la vida y al sentido de la responsabilidad como hombre adulto lejos de la tutela de los padres.

Adán con su Marianela viviendo gratamente, Margarita en su hogar no lo feliz que quisiera, pero tranquila, al sonreír la noche, en esos últimos rayos del sol que muestran un ocaso, el crepúsculo que anuncia el cambio de la luz por la oscuridad, y la ciudad poco a poco duerme hasta los nuevos rayos del sol.

Comienza el amanecer, sería un día más, otro como cualquiera con la rutina que comienza con un buen y caliente café, para salir a la jornada que dará el sustento y la seguridad y poco a poco con el correr del reloj, la noche volverá a sonreír, pero no así no sería en esta oportunidad, la silla con el manto rojo observa un corre para acá y para allá, inquietud, unos hablan, otros lloran y al final del tiempo, se da a conocer la causa de aquel desasosiego en la familia: Andrea, la menor de los Molero Pereira, ha sido secuestrada.

Por primera vez se ven frente a frente Marianela y Margarita, y es tanto la inquietud, preocupación y temor, que todos inclusive sus vec6inos se han reunido allí en la sala de la silla con el manto rojo hablando el uno con el otro, llamando a la fuerza de seguridad, a los amigos de ellos, en fin, todos los que de alguna manera están ligados a ellos, están allí. No es para menos, una linda chica de unos 17 años ha sido secuestrada.

La noticia corre como agua por las calles de esa ciudad donde todos de una u otra manera se conocen, es pequeña con pocas calles y avenidas, la tribulación en la casa del relojero, se decían, se han llevado a la hija menor, a la joven Andrea a quien no se le conocen enemigos, es una chica agradable, ¿por qué razón la secuestran? Era el decir todos, y Adán como jefe de la familia, y su padre, está de unos nervios a punta de locura, eran los diferentes comentarios de esos vecinos que a su vez al conocer a la nueva pareja de él, a Marianela, no podían faltar, que si es muy joven, es hermosa, no siente pena de llegar a la casa de la exesposa y en fin que los dichos van y vienen en tanto Margarita en un llanto si detenerse es consolada por sus hijos Roberto y Julio.

Así pasaron esa noche, muchos vecinos quedaron allí con ellos para acompañarlos en tan lamentable hecho, con la salida del sol se retiraron cuando esperaban la presencia de la policía.

No han pedido rescate, no dicen quienes son, si del hampa común, mafiosos, enemigos de la familia, o lo que sean, pero nada se sabe de ellos, tan solo dejaron un papel pegado al parabrisa del carro de Margarita con un mensaje: "tenemos a su hermosa hija".

Marianela y Margarita, quien lo diría, conversando sobre esa tragedia como si fueran amigas de siempre y apenas se conocen, pero sin rencor, ni celo alguno, unidas solo por la tragedia que atraviesan ellos los Molero Pereira, con su menor hija raptada sin tener noción ¿dónde y por qué?

Al aparecer de nuevo el crepúsculo, al sonreír la noche, se agrava la crisis en la familia, nada se sabe, nada se dice en el seno de la policía u otros organismos de seguridad, están en cero, bloqueados.

Y ¿dónde está la linda Andrea?

Para ella, la menor de la familia, aquellos jóvenes enmascarados no saben quiénes son, la razón para secuestrarla, la tratan bien, le han ofrecido alimentos, pero igualmente lejos de su casa, de su familia, tampoco puede ubicarse, solo es un cuarto con baño, una cama, un televisor y una pequeña mesa.

Ella, con 17 años sabe que es un secuestro, esas comodidades no son para retenerla por unos minutos u horas, eso es para rato, para mucho rato.

Adán y Margarita al borde de un colapso, su hija menor, la mimada de todos, secuestrada en medio de un hermetismo preocupante, la policía no tiene ni la menor idea quienes pueden ser, o dónde podrá estar. Todo un caso especial, amerita una acción especial.

Esa acción especial no se ve, no parece tener intenciones de convocarla, aun no, son apenas 48 horas desde la desaparición de ella, hay que esperar y ver si solicitan rescate, o alguna forma de recompensa.

Por la manera como la tratan y la atienden, Andrea se mantiene tranquila, la soledad le afecta y al llegar uno de los secuestradores a dejar comida o ver como está, ella trata de conversar con ellos y de los tres que han pasado por su habitación solo uno se queda un rato y hablan de lo uno y de lo otro, de deportes, de libros de lectura, de clima, etc.

Van pasando los días, ya son 4 y ella con la misma ropa, se baña, pero no hay cambio del pantalón, la camisa o ropa interior, así que cuando llegue quien habla con ella y dijo llamarse Ignacio Cruz, le dirá su inquietud.

En horas de la tarde, llega Ignacio, como siempre sonreído, amable, nada agresivo al contrario se muestra de buen carácter y ella no entiende por qué se mezcló en ese hecho delictivo.

Aprovechó para decirle ella la posibilidad de conseguir un cambio de ropa sobre todo interior, provocando la risa de su secuestrador, saliendo de allí sin dejar de reír.

Andrea tiene 17 años, pero es una chica muy espontanea, sin complejos dice lo que piensa demostrando que nada tiene que ocultar que tiene un alma y una conciencia integra, sin problema alguno expresando siempre lo que piensa o desea.

Ignacio les comunica a sus dos cómplices lo sucedido y las risas entre ellos no se hicieron esperar, pero jóvenes al fin, se miraron entre sí, ¿"será que le buscamos algunas"? les dice José Luís, uno de ellos, terminando de reírse, pero esa propuesta era en serio, si la chica estaría allí algunos días más necesita cambiarse y sin saber si en esos días tendrá la menstruación haciendo más complicada la situación.

Ella, Andrea estando secuestrada, pero sin maltrato, no se ve alterada, preocupada o asustada, solo que está allí sin saber para qué y por qué.

Al volver a sonreírles la noche sin saber nada de su hija, tampoco la policía y el caso como en el inicio: nada de nada.

Marianela y Margarita, dos mujeres adultas, serias y amando al mismo hombre se entendieron sin mostrar rencor o sentimientos negativos en esos momentos cuando atraviesan una situación como esa, la menor de la familia secuestrada y sin ningún indicio de ¿por qué o para qué?

La buena noticia le llega a Margarita, el banco le participa que los cheques han sido cancelados, sus cuentas están libres del embargo y Papeca sigue adelante ahora con cambio de gerencia por un recomendado del abogado Marcos Pérez, ante la renuncia solicitada por su madre a su hijo Roberto.

Así que sin saber nada de Andrea, se calma la tensión en cuanto al embargo de la empresa de Margarita, una preocupación menos para ellos.

En cuanto a Roberto, definitivamente solventó el problema causado acatando las recomendaciones del abogado Pérez, vendió su carro, motos, relojes, demás prendas de oro y para completar el monto, el propio abogado le prestó la diferencia con acuerdos de pagos mensuales con intereses y así aprendió la lección sobre lo negativo del juego y visitas a casinos.

Pasan noches y más noches y Andrea aún sin aparecer, Adán estando en esa situación recibe la noticia más linda para alguien que ame a una mujer como él ama a su hermosa Marianela: está embarazada a sus 23 años ella y a los 46 él, serán padres, aumenta la familia, noticia que también celebró Margarita, entiende que eso es lo normal en una pareja que se aman como ellos dos, y ella nada espera de Adán, pero siempre es y será responsable como padre sus hijos.

Todos celebraron la buena nueva, pero el caso del secuestro los mantiene al vilo y la felicidad no es completa.

Adán tiene la idea de conversar con Marcos Pérez el abogado de la Joyería, un hombre aun bastante joven de unos 36 años, bueno y honesto en su difícil profesión siempre tentado al soborno, chantaje y complicidad, para que los oriente y guie en esa situación del secuestro de Andrea.

Todos están de acuerdo y es invitado a la casa de Margarita donde tendrán una cena para celebrar la buena noticia del embarazo de Marianela quien ya se siente parte de los Molero Pereira como uno más de la familia.

Allí como el bien más apreciado, tradicional e histórico está la silla con el manto rojo, ahora con noticias muy buenas y otra muy mala, que mantiene en tensión a todos, pero sobre todo a Adán y Margarita, Andrea es la luz de sus ojos. Allí, con ellos, la tradicional silla heredada desde sus ancestros, los primeros en el cuadro genealógico.

Ya sentados en la mesa, al sonar el timbre de la puerta, Adán avisa que ha llegado el abogado Marcos Pérez, por favor tengamos suerte y nos ayude a localizar a nuestra Andrea.

El abogado, un señor de unos 36 años, alto, delgado, con canas en la sien haciéndole más interesante como hombre soltero, bueno, divorciado desde hace 5 años, de ojos grises y tez un tanto morena. En líneas generales, un atractivo caballero, algo conquistador y agradable a todos por su jovial comportamiento. En resumen, Marcos Pérez es un hombre feliz.

Al llegar al salón, al comedor, saluda con alegría, Adán lo presenta a todos menos a Margarita quien estaba en el cuarto seguramente rezando por su hija secuestrada.

Ella siempre elegantemente vestida, bajando las escaleras la mira el recién llegado, Marcos Pérez, el abogado que le salvó la empresa.

Al mirarla tan elegante y segura, queda algo impresionado, así no se imaginaba a la esposa de Adán, una mujer, una dama, bien arreglada, con don de gente de clase alta, muy interesante lo piensa y con todo el respeto del momento, al ser presentada por el propio Adán, le estrecha su mano con una seguridad que es reciproca entre ellos.

A Margarita ese abogado le dio buena impresión, le pareció interesante, bastante agradable en su físico y en fin que ambos se agradaron.

La cena rigurosamente elaborada y organizada por la señora de la casa, por Margarita, todo esta impecable, los detalles en la presentación de la mesa, los platos exquisitos igual que las bebidas. A pesar del momento que viven con el secuestro de Andrea, ella no se olvidó ni del glamour de una cena de bienvenida a quien será el abogado de su empresa y tal vez de la familia, ni de los detalles en cada plato terminando con el postre que quedó en manos de Marianela para contribuir como la pareja de Adán y nueva en esa familia muy especial, tradicional y cordial al mejor estilo español.

Concluida la cena entre una conversación y otra, del carácter apacible y dócil de Andrea, de la tragedia inesperada y de los cambios en las nuevas reglas dentro de la empresa con más control y manejo de las finanzas, el embarazo de la nueva pareja de Adán y en fin que fue aquella una bonita cena en paz y cordial solo con la preocupación por el secuestro de la menor de la familia.

Reunidos en la amplia sala de la quinta de los Molero Pereira, Marcos, el abogado, hablando del secuestro, propone contratar a un investigador privado de toda su confianza quien es su aliado en algunos casos donde requiere de su especialidad, así mismo buscar un acercamiento con los amigos de Andrea, labor que él mismo asumirá para leer el lenguaje corporal de cada uno, hecho que en muchos casos ayuda a sus investigaciones. A veces, el cuerpo habla más que las mismas palabras, les dice a los padres de Andrea.

Así serán los primeros pasos en esa investigación, donde la policía en esos varios días, unos 8, nada han logrado, esperando abrir una luz en la solución y dar con su paradero. De lo contrario seguirán con el plan B.

Así están las cosas, al sonreírle un poco más esa noche con la incorporación de Marcos Pérez en la investigación, la aceptación de Marianela en el seno de la familia, la bienvenida de un bebé y la decisión de nuevas normas en Papeca.

ACCION Y RESULTADOS

Andrea, la linda chica de 17 años, con su carácter apacible, su grata sonrisa, la ausencia de temor ante esos chicos nada agresivos, ve pasando sus días en ese cuarto, cuyo problema en sí es la ausencia al colegio, el atraso en sus tareas y exámenes y así se lo manifiesta a Ignacio, el chico con el cual tiene contacto y quien le consiguió no solo la ropa interior que necesitaba, sino también unas mudas para cambiarse.

Ya son 10 días secuestrada, ignora las gestiones que hacen sus padres, desconociendo el motivo para encerrarla. Aquellos chicos no tienen pinta de secuestradores, tampoco son delincuentes, nunca la han maltratado o intentado violarla, todo parece indicar es una broma de ellos para vivir esa experiencia o travesura.

Si es por travesura, por vivir la experiencia o lo que sea, igual están cometiendo un delito y serán detenidos, juzgados y sentenciados. Tal vez lo desconocen, pero eso no los excluye del delito que cometen.

Andrea para distraerse en esa soledad, en los cuadernos del colegio que tenía en su morral a la hora de secuestrarla en una moto con dos chicos que ocultaron sus caras, pintaba y entre esos dibujos está el rostro perfecto de el de Ignacio, dibujo que hizo solo con la intención de pasar el rato, pero que podría servir para localizarlo bien la policía, o cualquier funcionario.

Esa tarde al traerle la cena, una pizza de queso, Ignacio vio su dibujo, y en lugar de reclamarle porque sería como un retrato hablado para la investigación, lo tomó en sus manos, lo admiró dado el parecido a él y así se lo dijo a ella, por ese talento que muchos desearían.

Fue así como comenzó la conversación entre ellos dos y sin darse cuenta entre un tema y otro, pasó casi una hora, tanto que su amigo el otro de los secuestradores, José Luis, fue a ver que sucedía por qué tanta tardanza.

Los vio conversando animada y sencillamente y se retiró. Nada pasaba, solo vio a dos amigos hablando. Así fue en realidad ya en tantos días, ella encerrada y tan solo con la presencia de Ignacio, sin entender el por qué y para qué ese secuestro, ya eran amigos con la confianza para hablar durante un buen tiempo.

Andrea no se sentí sola, de hecho, ella es solitaria, en su casa siempre encerrada pintando, haciendo poemas o sencillamente durmiendo. Pero le agrada estar sola y a esa soledad se adaptó rápidamente. Mientras su lápiz o bolígrafo estén en condiciones, ella continuará pintando, escribiendo sobre su vida entre esas cuatro paredes y era Ignacio el protagonista y su amor platónico. Ella se enamoró del amor, tal vez como el síndrome de Estocolmo cuando en 1993 un grupo de secuestrados se identificaron e hicieron amistad con los secuestradores, e inclusive se dice que de allí surgieron varios romances.

Pues Andrea, está en esa onda, en esa su realidad, escribiendo poemas sobre el nacimiento de un amor entre ellos, pero que es imposible por muchos motivos.

Andrea, nada sabía de ese síndrome, sencillamente que el único con quien tiene contacto es con Ignacio un joven como de 23 años, bien parecido, educado y quien la atiende con gran respeto.

A medida que pasan los días más se ven, más tiempo está él con ella y así lo más lógico es que florezca un amor, o una sincera amistad.

Los trabajos de investigación no avanzan mucho, en las entrevistas con sus compañeros de clase, nada saben, si lo saben es lógico que nada digan, y en fin que en 18 días sin saber dónde está Andrea y el abogado Marcos, ni el investigador contratado no logran ni siquiera una pista, aquel es un caso serio y la familia, sobre todo Margarita, su madre está al borde de un colapso emocional.

Adán igualmente desesperado su hija no aparece, no hay señales de vida, tampoco de los secuestradores quienes no han entrado en contacto con ellos, no han solicitado rescate, tampoco ven otro motivo para llevarse a la única hija que tienen.

Pero, ese no es el único caso de preocupación en la familia, ellos Adán y Margarita tienen a Julio, el segundo hijo varón de ellos, quien estudia ingeniería y es un joven callado, demasiado callado, al estar en casa, se encierra en su cuarto y solo sale para comer conversando con sus padres y hermanos lo necesario.

Esa actitud tan solitaria de él no les causó tanta preocupación, siempre tenía la excusa de estar estudiando o haciendo trabajos de investigación, cuando la verdad es que busca estar solo, le molesta la gente inclusive su propia familia y solo sale a la universidad y a visitar a dos amigos que se le conocen.

En esa oportunidad ya con un aislamiento prolongado, la preocupación en ellos aumenta y definitivamente Julio esta de psicólogo para conocer ¿qué le pasa y cuál es el motivo? de tanta soledad en su juvenil vida.

Esa tarde por petición de Margarita, Adán visita la casa para conversar con él con cualquier excusa o motivo.

Como siempre, está en su cuarto, Adán le toca la puerta, "hijo abre necesito conversar contigo, pedirte una opinión. Ábreme la puerta por favor.

Al otro lado, nada se escucha, vuelve a tocar, Julio hijo abre, le repite su padre. Nada, hay silencio total.

Realmente preocupado porque su tiempo allí encerrado es demasiado y sospechoso, utiliza la llave y abre, Julio no está allí, se ha ido por el ventanal de ese cuarto bastante amplio al estar en el primer piso de la mansión.

La preocupación en ellos aumentó, sobre todo de Margarita, su madre, y sin saber que hacer, todos hablan a la vez, si llaman a la policía, o acuden a sus amigos, o salir a buscarlo, en fin, que entre ellos reina la incertidumbre y la impotencia.

Julio se fue se ha llevado gran parte de su ropa, la computadora portátil, algunos de sus libros y fotos.

La silla con el manto rojo allí sigue frente a ella esa otra historia de los Molero Pereira, la desaparición de Julio el hijo menor, sumando a la otra inquietud, el secuestro de Andrea, la buena noticia del cuarto hijo que espera Adán a sus cercanos 47 años y las páginas de estos eventos se continúan escribiendo y parece que no tienen fin esperando Margarita, la sorpresa que le dará la vida.

Margarita y Adán, con sus dos hijos menores desaparecidos, se culpan de esa situación, el conflicto entre ellos luego, la separación, cambió el ambiente familiar y tranquilo que se vivía en el hogar y ahora separados, la misma situación provocada por ellos, los vuelve a unir, pero en sentimientos muy diferentes a aquellos que por años vivieron y sintieron.

La vida da muchas vueltas, te presenta situaciones que las tomas o las deja y dependiendo de eso, los resultados son diferentes, las consecuencias también.

Esta familia, no ha sido la excepción, pagan las consecuencias de sus decisiones, para bien o para mal, la pagan y en esta oportunidad se culpan mucho más por la huida de Julio a quien no le prestaron la debida atención, poco indagaron sobre su aislamiento, buscando siempre la soledad, que por el secuestro de Andrea que es un hecho fortuito, consecuencia de la inseguridad que se adueña en la ciudad.

En todo caso, la familia está en un vilo de angustia e incertidumbre que los retorna a una unión forzada que podría tener consecuencias positivas si tanto Adán, como Margarita actúan debidamente como lo que son: padres.

En medio de esta situación, de esa realidad, Margarita recibe una llamada del señor Héctor Romero de quien no se recuerda, y no es el momento para recordarlo, por ello le responde que no lo puede atender que está en medio de una crisis familiar que por favor la llame en otro momento.

Julio, ¿dónde puede estar él? ¿qué provocó su huida? Ellos entienden que su aislamiento no fue atendido. No fue tratado como debió ser de parte de ellos, sus padres, sin embargo, no es solo eso la causa, piensa Adán que allí hay otro motivo, otra razón superior para tomar esa determinación. Lo peor es qué no saben, ¿quiénes son sus amigos? ¿Los tiene? El apenas comenzaba sus estudios universitarios, desconocen ¿quiénes son sus compañeros de clases?

Totalmente desarmados se encuentran Margarita, Adán, su hermano Roberto y hasta la misma policía, organización que no sabe por dónde comenzar su trabajo ante la falta de información de sus padres, que están sorprendidos de su propia desinformación sobre su hijo menor.

Preguntando por el secuestro de Andrea, tampoco hay razón alguna, nada ha logrado la policía desde ese momento, aumentando la crisis nerviosa de Margarita con tan increíble situación, dos hijos desaparecidos sin rastros.

En medio de todo, Marianela quien ha quedado sola al fallecer su madre y desconoce dónde pueden estar sus dos hermanos por parte de padre, son mayor que ella y tan solo estuvo con ellos en los primeros años cuando vivieron con Hilda, su madre, forzosamente ahora forma parte de la familia de Adán y Margarita, de esos casos que te aparece impuesto por el destino y del cual no sabes ni la razón, ni el por qué, pero que en la realidad así es y así hay que aceptarlo, en este caso, tanto ella como la familia de Adán.

Margarita, una mujer integra, muy segura de sí misma, acepta de buena manera a Marianela como la nueva pareja de Adán, y se alegró de su embarazo, un hijo más que se unirá a la descendencia Molero.

Lo más lejos que tienen en su mente, tanto Adán, como Margarita y demás, que Julio se encuentra en un grupo religioso seguidores de Jesús y San Miguel Arcángel a quienes conoció en una plaza de la ciudad cuando predicaban y durante más de un mes acudía al lugar para escucharlos, sobre todo a Mateo Lucas, que así se hace llamar el líder.

Julio se acercó a ellos, se sintió identificado con su filosofía y comportamiento, siendo invitado por ellos a unirse en una jornada nacional que realizarán en un sector alejado de la ciudad, entre el mar y la tierra, en una pequeña isla donde se conocerán mejor entre ellos y conocerán la profundidad de la palabra de Jesús y los mensajes a través del arcángel San Miguel.

Julio deseaba asistir, unirse a ellos, todos jóvenes, y evitando una negativa de sus padres, decidió fugarse y luego informarles para que no se preocuparan.

Así lo hizo, antes de partir hacia la isla, envió mensaje de audio a su padre: "Saludo papá, estoy bien. Por unos días me alejaré de todos. No se preocupen, estaré con unos amigos y con Jesús de Nazareth."

Ese mensaje lo recibió Adán dos días después de su huida, es decir que ya se encontraba en ese lugar con sus amigos.

Al escuchar el mensaje, tanto sus padres, como la policía decidieron darse un compás de espera, deducen está con unos amigos religiosos y el comisario cree que él se refiere a un grupo de jóvenes seguidores de Jesús que varias veces los vieron en la plaza. Eran unos chicos sanos, sin droga, ni licor, solo pregonan la palabra de Jesús explicaba a la familia, de esa manera se calmaron y darán un tiempo prudencial.

Adán y Marianela, ya en su apartamento, celebran con mucha alegría el bebe que viene en camino. Les da igual sea varón o hembra, pero que tenga los ojos azules como los tuyos, le decía ella, mientras él que fuera moreno como ella y alegre. Entre una risa y otra, celebraban el embarazo y a su vez la celebración de su matrimonio en los siguientes días, solo esperaran que Andrea regrese y Julio informe donde está para la tranquilidad de la familia.

La silla con su manto rojo se mantenía en la sala, en esta oportunidad Margarita la cambió de lugar, la regresó a su lugar tradicional, a un lado del sofá principal, allí nos da más suerte se decía a ella misma, pensando en aquellos primeros años de su vida con Adán, el amor de su vida, el nacimiento de sus tres hijos, los días de navidad y cumpleaños, eran mejores días le decía a la silla que es para ella parte de la familia, de la tradición de los Molero Pereira.

Andrea continuaba secuestrada, eran más de un mes, sus conversaciones con Ignacio cada vez más largas, hasta veían juntos películas de acción como le agradan a ella, es muy joven y solo quiere ver acción y misterio.

Los otros chicos, José Luís y Antonio, algunas veces se unían a ellos y todos como buenos amigos disfrutaban de aquellos momentos donde se olvidaban eran secuestradores y secuestrada. Algo extraño, pero en verdad Andrea se sentía bien, cómoda sobre todo con Ignacio, un chico un año mayor que ella, bien parecido, nunca se podría sospechar es un secuestrador.

Una de esa tarde Ignacio le pregunta por sus padres, extrañado que no ha visto noticia alguna sobre su secuestro ni en la prensa, ni en la televisión, respondiendo ella que tiene una familia muy linda, sus padres se divorciaron hace poco, pero siempre se amaron y respetaron, de hecho, el divorcio fue de mutuo acuerdo y ellos se tratan como amigos.

Te aseguro, le dijo, que me están buscando desde el mismo momento de leer el mensaje que dejaron, pero no sé cómo no han dado con el lugar desde hace tantos días.

Ni darán, le responde de inmediato Ignacio. Estas en mi casa, mis padres viajan mucho y ahora andan por una gira de 3 meses por el Caribe. ¿Quién va a sospechar estas aquí?

¿Quieres decir que me quedaré con ustedes siempre? Yo necesito estar en mi casa, con mis padres, hermanos, en mi cuarto con todo lo mío y sobre todo ir al colegio pata terminar los estudios, no entiendo cuál es la razón para mantenerme aquí, le explica ella a su secuestrador, que ya lo mira como un amigo, pero que en realidad no lo es.

Ignacio sin alterarse ni un ápice, le responde que lo de ellos es un estudio como tesis para la universidad, no hay interés ni en cobrar recompensa, ni en maltratarla a ella, solo ver los resultados para concluir la investigación y con ello cerrar ese ciclo en sus estudios.

¿Por qué me escogieron a mí? Les pregunta de manera natural, sin alterarse, sencillamente para conocer la razón de protagonizar un estudio que siendo para una tesis universitaria, es interesante para acciones como un secuestro verdadero ante las autoridades correspondientes.

Ignacio, no fue del todo sincero, solo se limitó a responderle que ya lo verá al concluir esa prueba, esa investigación social que ellos creen será con buenos resultados, también con buenas calificaciones.

Entonces pregunta Andrea que de ser eso un estudio de tesis de grado, ¿cuándo me iré a mi casa, en qué condiciones y cómo explico a mis padres esto y ustedes también a la policía? Ese organismo seguramente ha gastado dinero en este operativo y los demandarán, ¿han pensado en eso y en otras consecuencias?, continúa preguntando ella.

Ignacio y sus otros dos amigos, siendo tres los que participan en ese estudio sobre secuestros, han pensado en todo y es que todas esas preguntas son parte de las respuestas que encontraran al terminar la investigación. Le aclara a Andrea, que esto, es solo una parte de la tesis, también veremos la reacción de la familia, en este caso de la tuya y de los organismos del estado. Las conclusiones, continúa Ignacio, podrían servir para la misma policía y tomarlas en cuenta en futuros secuestros.

Fueron unas dos horas Ignacio y Andrea hablando sobre su secuestro. Aun no tienen fecha para acabar con su cautiverio, en tanto ella no sabe ¿qué hacer? ¿qué responder?

Sus padres y hermanos deben estar preocupados y eso no está bien, igu2al la policía se molestará y en fin, que es un secuestro como estudio social pero con sus lógicas consecuencias.

Andrea continuará allí unos días más, ¿cuántos? Según, deben ser muchos y de ser así podría perder el semestre en el colegio.

Así que planea fugarse, prestará más atención a los movimientos de ellos, ¿a qué hora duermen? ¿se turnan? ¿siempre están todos? Así cómo ella es motivo de un estudio, ellos también serán para ella, por qué no es justo los días que han vivido en su familia y además la pérdida de clases. Ella buscará escaparse sin saber que esa reacción está contemplada en la investigación. Todo ha sido considerado en la interesante tesis de grado de esos tres jóvenes estudiante de psicología.

La vida en casa de Margarita continúa en el día a día, en su casa solo quedan ella y Roberto su hijo mayor, esa mansión pasa la mayoría del tiempo sola, con sol y el viento que le imprime algo de vida, sus dos moradores, están trabajando, y los dos hijos que hasta hace unas semanas hacían vida con los demás, están ausentes, Andrea y Julio, secuestrada ella, perdido él.

La silla con el manto rojo es la representación de los Molero Pereira, ella marca la diferencia, unos se van, otros se alejan, otros confundidos, y ella ahí dando la cara, representa la continuidad de una familia con sus altos y bajos, sus alegrías y tristezas, sus sueños y desengaños, así son las familias todas, pero son pocas las que conservan la tradición, que mantienen una historia continuada de una a otra generación y aquí está la diferencia y por ello la importancia que con transcurrir del tiempo le han dado a esa silla siempre con su manto rojo.

Adán sin olvidarse ni un minuto de su familia, su Margarita la madre de sus hijos y su primera esposa, a sus tres muchachos y de serios problemas que resolver, vive feliz con su hermosa Marianela, ahora futura madre de un hijo más y a quien la vida le presentó tal vez con su destino marcado porque ella quedaría sola sin merecerlo y allí el destino le colocó a un buen hombre, que la amaría haciendo que olvide el abandono de su padre, esa figura masculina que en su hogar poco brilló.

Andrea un tanto cansada en ese día a día secuestrada, comienza su plan para fugarse, observa y anota las horas de guardia de cada uno de ellos, los 3 protagonistas de su encierro.

Son tres, siempre hay dos para vigilarla y cuidarla, es decir solo uno sale, dos se quedan. Eso ocurre cada 12 horas, no será fácil para ella.

De esos dos que quedan, mientras uno duerme, el otro vigila. Es ahí el mejor momento que ve para salir del lugar que ni siquiera sabe dónde queda, si está aislada la casa, o en una urbanización, dentro de la ciudad. Nada ella está en cero, debe de alguna manera aclarar un poco la ubicación.

Eso será en los días por venir, Andrea ira lento, pero segura del objetivo y aspira en una semana estar en su casa y en sus estudios.

En cuanto a Roberto, al frente de Papeca, pero como relacionista, el de los contactos con los clientes, sigue en su día a día solo tiene un problema: Olivia. ¿qué hacer con ella? No conoce a nadie solo a él, seguir en el hotel es imposible un gasto diario que ya va para un mes, hay que solucionar.

La situación la consulta con Margarita, su madre y quien sabe es honesta, de buen corazón y le aconsejará lo mejor como siempre lo ha hecho, le plantea que trabaje allí en la empresa como vendedora, con su presencia vistiéndose como debe ser, y su bella presencia cree que será buena adquisición y una oportunidad para ella.

Roberto besa a su madre, es una bella y gran madre, el consejo fue bien recibido y así a los dos días Olivia está en el departamento de ventas, algo nuevo para ella, mucho mejor que trampear a hombres en el casino.

Así poco a poco, la silla con el manto rojo ve como se desenvuelven los Molero Pereira en sus diversas y a veces complejas situaciones, manteniéndose firme, siempre bien cuidada, con los cambios de la manta que la hacen lucir renovada.

Andrea, ya sabe que Ignacio con quien tiene más cercanía, siempre está los fines de semana, su turno para dormir es en horas de la tarde algo como de 2 a 7 pm. Siendo jueves, ella tiene dos días para saber dónde se encuentra ¿en qué parte de la ciudad está? A partir de ese momento pondrá atención a los ruidos de la calle, son pocos realmente, concluyendo que es una parte algo solitaria, alejada de la ciudad o tal vez retirada de avenidas siendo poco los carros que escucha.

Andrea, todas las mañanas percibe un olor como a café tostado y ruido de camiones, no de carros. Ya es algo.

Toma la decisión, ese sábado se fugará, estará Ignacio en su guardia y él siempre deja la puerta sin llave.

Será el fin de sus días aburridos, solitarios por largos ratos y en fin que decide fugarse a sabiendas que no darán con ella por ser ese un secuestro especial: sin solicitud de recompensa, es parte de un estudio universitario, la tratan como toda una señorita, nada le falta en comida, en fin, un cautiverio diferente.

EL MOMENTO ESPERADO

Margarita estando en su oficina, recibe nuevamente la llamada de alguien que no aparece en sus registros, en aquella oportunidad con el secuestro de Andrea, no tenía tiempo para responder a alguien desconocido, pero sola en su despacho, con todo bajo control, solo revisando despachos solicitados, contesta, no reconoce la voz, pregunta quién es, le dicen soy Héctor Romero, ¿dígame que desea? Solo la invito a cenar en mi restaurant, ¿se recuerda?, usted y su hija vinieron para conocerlo para la celebración de su cumpleaños. Les pareció agradable, pero al final no hubo celebración.

Margarita algo recuerda, pero del restaurant, no de su propietario. Eso la hace sentirse incomoda y no haya que responder, se mantiene unos segundos sin responder, y termina diciéndole que en ese momento está ocupada, buenas tardes. Cierra la llamada y se queda pensando en el nombre del restaurant, si era en el Costa Verde, pero de ese Héctor Romero, no me acuerdo se decía en su mente.

Deja esos recuerdos hasta ahí y continúa revisando los despachos que aún restan, cuadrando todo con Roberto su hijo mayor.

Eran las 6 de la tarde cuando cerrando las puertas de la Papelería, se estaciona un carro blanco, último modelo de la

Ford, un Monte Carlo cuatro puertas, se baja un señor alto, bien vestido, agradable de físico, de unos 49 años, buenas tarde dice mientras se dirige hacia Margarita, le extiende la mano, ella le responde y le pregunta quien es usted, su cara me es conocida.

Soy Héctor Romero, el del restaurant Campo Florido, ¿cómo estás Margarita?

Todo bien, le responde ella, viene ¿a un asunto con la empresa? No, venía a invitarla a cenar, ¿me acepta? Será en otro momento señor Romero, tengo asuntos de la familia que resolver, responde Margarita pensando en acudir a la policía y saber del secuestro de Andrea.

Héctor no se daba por vencido, él deseaba un acercamiento con ella desde aquel día cuando fue con Andrea, días antes del incidente.

Si puedo ayudar en algo, estoy aquí para apoyarla, le responde él, quien en ningún momento mostró interés en retirarse sin una respuesta de ella.

Aquel caballero, le agradaba, serio, respetuoso y amable, se acercó a él aceptando el apoyo en esos momentos sin Adán que la acompañara para ir a un lugar tan poco agradable como es la policía, le aceptó la propuesta indicándole al lugar hacia dónde va y por qué.

En el transcurso de la ruta a seguir, ella le explica que Andrea tiene más de un mes secuestrada, que nada saben aún y va hacia allá a conocer algún avance en la investigación.

Héctor conoció a Andrea ese día en el restaurant, buscaban un lugar para celebrarle su cumpleaños.

Se mostró interesado y dispuesto a ayudar en lo necesario, Margarita le parece una gran dama, elegante, decente, es del agrado de él desde ese día cuando la conoció, ahora consiguió un motivo más para acercarse a ella y conocerla mejor. Aún no sabe que es divorciada con tres hijos, todos aun solteros.

En la comandancia le informan, que esa investigación está congelada, nada han logrado, ha sido un secuestro bien montado, y con tantos días desde el hecho se alejan las razones para guiarlos al lugar donde debe estar.

Héctor, al salir de la comandancia le dice palabras de aliento al verla tan desconsolada con la actuación tan poco productiva de la policía.

Quedaron en verse en otra oportunidad y de necesitarlo no dude en llamarlo, él estará ahí siempre.

Héctor ha llegado en el momento esperado para conocer a Margarita, acercarse a la familia si en verdad tiene buenas intenciones con ella.

Por su parte Andrea, en su realidad con los secuestradores que solo son estudiantes con un ensayo de trabajo para la tesis universitaria, también ha decidido que es el momento de actuar, de tratar de salir de esa situación y fijó la fecha para el siguiente sábado, es decir en dos días.

Roberto, recibe una llamada de Humberto, el mafioso del casino, amenazándolo de muerte si no regresa a Olivia a quien se trajo sin su autorización.

En esta oportunidad no se dejó intimidar por el delincuente, y acudió a la policía exponiendo el caso y la amenaza que acaba de recibir sobre él y Olivia quien ha comenzado a cambiar de vida y ser una chica decente y trabajadora.

El comandante Torres, montó el operativo para protegerlos, pero sobre todo para atrapar a ese delincuente a quien le llegó su tiempo, frente a tanto abuso y violación de la ley.

Todo fue sencillo, Humberto no creía capaz a Roberto de denunciarlo por temor a las consecuencias, así que confiado aceptó verse con él en un restaurant donde supuestamente le sería entregada Olivia.

La policía con el operativo vestidos de civil tres de sus funcionarios y una mujer policía elegante y bien vestida, los esperaban según el acuerdo.

Veinte minutos antes, llegan Roberto y Olivia, piden algo de comida, a la hora pautada se presenta Humberto con dos de sus secuaces. Se sentaron en la misma mesa de Roberto y Olivia, allí están hablando supuestamente para cerrar el trato y de inmediato, actuaron los policías y sin mediar palabras, fueron detenidos, y ya saliendo del lugar, Humberto le hace una seña a alguien fuera del local y se escuchan disparos, Olivia fue herida y en repuesta, la mujer policía mató a Humberto con un tiro en el pecho.

Fueron minutos de confusión y desasosiego, pero terminó aquella mafia que controlaba los casinos al ser apresados los demás miembros de la banda.

Roberto actúo en el momento preciso para terminar con esa situación de amenaza que lo mantuvo en una constante angustia e incertidumbre. Cerró esa parte de su vida entre el juego y la falta de honestidad con la familia, sobre todo con su madre dueña de la empresa que él debía administrar de la manera más correcta.

¿Llegó el momento para la joven Andrea y librarse del secuestro?

Según sus planes, si ese fin de semana es para ella el momento preciso para fugarse, será a la hora del mediodía a eso de las 1.30 a 2 de la tarde, hora del reposo de Ignacio a quien le corresponde la guardia de ese día.

La pregunta que ella se hace es sobre ¿dónde está? Aún no tiene la respuesta sobre la ubicación de esa casa donde está y hacia ¿dónde se dirigirá una vez este fuera de la casa? Es allí la confusión que tiene, pero igual hará el intento y una vez afuera caminará hacia dónde su instinto le diga.

Al día siguiente, para sorpresa de ella, aquellos tres chicos, deciden cambiar de lugar, los dueños de la casa donde están regresan de su viaje de los tres meses que le había informado Ignacio de sus padres, por lo tanto, hay que salir de allí rápido, ellos pensaban que antes de ese regreso de los viajeros, la policía ya había dado con ellos, o Andrea se habría fugado. Ni una cosa, ni la otra, sencillamente hay que cambiar de sitio, de esa manera hará más interesante el trabajo de investigación que adelantan.

Por razones de salud los señores González, se ven obligados a suspender el resto de la gira. La señora Fátima presentó subidas de la tensión necesitando exámenes y consultas con su médico.

Siendo así la situación, Ignacio, José Luís y Pedro buscan un nuevo recoveco para llevarse a Andrea, considerando que ese no puede ser el fin de una tesis, debe haber un resultado, una conclusión, que hasta los momentos no la hay.

A las 11 de la mañana le informan a Andrea el cambio de lugar de su cautiverio, sin explicación, sencillamente se la llevan, ya no en moto, sino en una camioneta con vidrios ahumados y ella con los ojos vendados.

¿A dónde se la llevan? Ni una palabra. Pero ella, mujer astuta al fin, pone atención a los ruidos que escucha en el trayecto. Hubo varios semáforos, entonces es avenida, no es carretera, deduce es la avenida principal de esa ciudad pequeña, al salir se fueron recto y como a los cuatro semáforos cruzaron a la izquierda, recorrieron como unos 5 minutos, ella contó del 1 al 300, finalmente en el último cruce a la izquierda antes de detener la camioneta le olió a gasolina, a grasa, podía ser un taller mecánico.

A pesar de sus 17 años, Andrea de tonta no tenía nada, de inteligente mucho, al igual que de astucia. Era un fin de semana de ser un taller mecánico estaría cerrado, tal vez el lunes ella escucharía más ruidos que la ayudarían a su plan de escape, así sea eso un secuestro social para un trabajo universitario ya está bueno del encierro y de tener preocupados a la familia. Seguirá en su plan poniendo atención a los detalles y está segura de que se escapará y eso será pronto.

En tanto en la mansión de los Molero Pereira, se reciben dos visitas, la primera de Roberto con Olivia a quien le querían presentar a su madre Margarita y a su padre Adán, ahora acompañado de su nueva pareja la joven Marianela.

En los primeros minutos la tensión entre ellos se sintió, fue Margarita quien rompió el hielo y luego de unos minutos de conversación sobre Andrea y Julio, y sus ausencias en el hogar, lamentó más lo de ella por ser secuestro y una chica de 17 años, que el de Julio quien según se encuentra con un grupo de jóvenes seguidores de Jesús y del Arcángel San Miguel, los invitó al restaurant Campo Florido de Héctor, su recién amigo.

Todos cambiaron de ánimo, un poco más conversadores sobre lo uno y lo otro, de política, deporte y hasta sobre la película del momento: Gladiador 2, muy buena y con excelentes actores.

Así disfrutaron de unas tres horas diferentes y al terminar el encuentro el dueño del moderno restaurant, Héctor Romero invitó a la elegante Margarita a recorrer el centro comercial que construye con el fin de ayudarlo en la decoración de dos zapaterías.

Margarita acepta con mucho gusto, le dice, tal vez para despertar celos en Adán, o por gustarle eso de decorar que le va muy bien, tiene talento para eso.

Comienza entonces esa amistad entre Héctor y Margarita, llegando el momento preciso, cuando ambos se sienten solos a la mediana edad que ambos tienen entre los 40 y 50 y aún hay tiempo para buscar compañía.

Margarita sale con Héctor hacia el Centro Comercial Concordia, muy moderno, no tan grande como hubiera querido él, pero con suficientes locales para contribuir con el comercio de la ciudad. Héctor escogió para él, dos locales, el primero en la entrada a orilla de la avenida principal y el otro en el tercer piso con mirada a la misma avenida. Una zapatería para hombres y la otra para damas y niños. En ambas decoraciones Margarita será la diseñadora, una nueva distracción para ella.

Al llegar a casa, una mansión que antes albergaba a una familia de 5 miembros ahora está ella sola, abrió la puerta con alegría, tanta que gritó un "gracias a Dios" por abrirle nuevos caminos y rezó por el pronto regreso de sus dos hijos menores.

Allí, a un lado del sitio de sus palabras a Dios, la siempre y eterna silla con su manto rojo que parecía sonreír con la felicidad que mostró Margarita a pesar de la ausencia de sus dos hijos. En esos minutos, Margarita mostró una felicidad muy dentro de su corazón, algo le decía internamente, que la felicidad, la paz y la armonía regresaría a su vida a su hogar, será un gran y bello momento que lo tienen muy cerca y fue tanta su alegría, que se sentó en esa silla familiar sobre el manto rojo y manoseando sus lindos brazos de madera, también le dio las gracias por estar allí con ellos conociendo y apoyando a los Molero Pereira: "gracias bella silla, siempre con nosotros", la manoseo de nuevo y se levantó con una sonrisa de mujer agradecida.

Andrea llega a un lugar muy diferente de donde estaba. Ahora es una habitación de alguna casa pequeña, sin baño, la cama con sabanas limpias, pero muy usadas, maltratadas, igual que las almohadas, de ahí tiene que salir pronto, allí no aguanta la situación de secuestro.

Al visitarla Ignacio, le manifiesta su incomodidad, ahora exige que la entreguen a su familia y que hagan lo que quieran con su trabajo universitario, pero ese no es un lugar sano para una chica como ella.

Ignacio la entendió y le dio la razón, allí será por ese u otro día más, buscan para dónde irse porque ellos tampoco están conformes con esa nueva casa prestada.

Al salir Ignacio, ella decide que esa misma noche buscará como escapar, pero en ese desastre ella no está ni un día más.

Andrea se siente escondida en un hueco, en un lugar horrible. Solo espera que alguno de ellos le deje cerca el celular para enviar un mensaje de ayuda a su familia, pero hasta los momentos eso no ha sido posible, siempre tienen su teléfono en los bolsillos o en las manos.

Ignacio la desea ayudar, pero si lo hace el sentido de la investigación se pierde, y con ello su tesis de grado.

En la noche ella hace vigilia, no duerme, no soporta acostarse en el desastre de colchón, sábanas y almohada y así mismo está atenta a un descuido de ellos con el celular.

Ellos están del otro lado de la puerta, también incomodos, descontentos, son de clase social media alta, no están acostumbrados a ese desastre e insalubridad. Los escucha sobre cambiar de ambiente, no pueden seguir ahí. Optan por irse al amanecer, aun con oscuridad, si es posible salir de la ciudad a cualquier lugar y mantenerse en la camioneta, nadie sabe que tienen a Andrea secuestrada, por lo tanto, a la camioneta que es de Julio no la buscan.

Así lo hacen. Eran las 4 de la mañana cuando los cuatro jóvenes salen del lugar que exactamente es un taller mecánico abandonado insoportable para no estar ni un día.

Toman rumbo para la costa, buscan playa, una que sea solitaria, allí terminaran su tesis cambiando el final en el sentido que dejaran libre a Andrea y quien por su propia cuenta huya y busque la ayuda para llegar a su casa.

Es el momento de cerrar ese ciclo de cautiverio, y darle otro final al trabajo donde la reacción de Andrea y su comportamiento dócil al estar en buenas condiciones, será el meollo del trabajo de investigación.

Andrea escucha ese nuevo plan, participa con su opinión señalando que entonces la dejen cerca del trabajo de su padre, de Adán por la Joyería Marfil, haciendo más creíble lo de su fuga.

Se olvidan de la playa, de la costa y demás ideas, harán tal como dice ella, la dejaran a unas cuadras del trabajo de su padre, cerrando esa investigación que ya les ha dado bastante material para cerrar el caso y hacerlo no solo interesante, sino diferente a otros posibles temas tratados.

Dando vuelta por los alrededores de la ciudad esperan sean las 6 de la tarde para dejar libre a su secuestrada a unas 5 cuadras de la Joyería El Marfil, con la intención de que ella camine y si es posible corra para llegar sudada y agitada a su destino, haciendo más creíble el plan de fuga.

Al momento de dejarla ir, ella los abraza a todos, de manera especial a Ignacio, incluso les agradece la buena manera como fue tratada deseando que la amistad entre ellos se mantenga. Les aseguró que nada dirá, ni a sus padres, ni a la policía sobre ellos, jamás, la excusa será que siempre estuvo vendada al momento de algún contacto físico y no les vio la cara. Esa idea también fue de ella, pero ayudaba igual a esa tesis de grado que cerraba su ciclo en el momento preciso.

Dicho eso, y con abrazos a ellos, Andrea se baja de la camioneta, sale corriendo hacia la joyería buscando llegar sudada y agitada.

Su mejor actuación sobre ese secuestro que al final no lo fue tanto considerando la amistad que nació entre ellos, la tendrá a partir del momento de llegar donde su padre y fingir muchas reacciones lógicas en casos como ese.

Ya al cierre de la joyería a las 6.30 de la tarde, Andrea llega abriendo la puerta con algo de violencia gritando "papá, papá" acercándose al mostrador apareciendo con la rapidez de una urgencia Adán, de un solo salto llegó y abrazó con lágrimas en sus ojos a la hija bella secuestrada, ambos se mantuvieron así por unos minutos, "gracias a Dios hija, gracias a Dios" repetía él, en tanto que ella solo decía, "te amo papá, ya todo paso".

Ven siéntate, la pregunta constante era si estaba bien, si no le hicieron daño, si la trataron bien, y palabras así que ella respondía con un "si" a todo, "quiero ver a mamá por favor llévame a casa" tomando de la mano a su padre.

Dos clientes que estaban en ese momento en la joyería presenciaron aquellas escenas, admirados de ver aquel emotivo encuentro entre padre e hija.

Margarita se encontraba sola en la casa y en ese momento regaba las matas del jardín de entrada cuando ve llegar el carro de Adán y eso no la sorprendió, pero cuando oyó la voz de Andrea que la llamaba, reaccionó con tanta emoción que cayó al piso y desde allí extendió sus brazos llamando a su hija quien igual se arrodilló en el piso abrazándose a ella, ambas lloraban, daban gracias a Dios, ese momento inolvidable es un hecho muy emotivo e importante de esa familia que viene superando situaciones difíciles con entereza, amor y compresión.

Al entrar en la sala, los tres con lágrimas de felicidad en sus mejillas, aquella silla con el manto rojo parecía sonreír, con los rayos del sol que entraban suave por el ventanal cambiando su color, había celebración en casa, parecía expresar.

A los minutos llegaron Roberto y Olivia, después Marianela celebrando en familia aquel acontecimiento que los mantuvo en suspenso e inquietud por más de un mes.

En ese momento, no hubo preguntas, no, solo alegría Andrea llegó en perfecto estado de salud, sin rasgos de haber sido maltratada, sin quejarse de algún daño.

Subió a su habitación, allí sola se desahogó llorando por esos días de encierro, sin embargo, iba a extrañar a esos chicos, sobre todo a Ignacio con quienes pasó unos 34 días diferentes entre la incertidumbre y la sana compañía juvenil.

Lógicamente esa fue una noche de celebración y alegría, Margarita llamó a Héctor para darle la maravillosa noticia y encargarle sus mejores platos para disfrutar en grande la llegada de Andrea.

La policía aún nada sabe, ellos no han informado esperando que Andrea narre los hechos sin las insistencias en las repreguntas de ellos, solo que exprese sencillamente lo sucedido y finalmente si desea hacer la denuncia o dejar todo hasta allí.

Andrea no quiere perjudicar a los chicos, fue su secuestro un trabajo universitario que a ella le permitió conocerlos, tener esas vivencias y además la trataron con educación, respeto y seriedad. De lo único que se quejaría es no estar con sus padres y hermanos esos días, no siendo una razón para perjudicarlos y posiblemente ir detenidos.

No, definitivamente, no los denunciará, dirá que estuvo con ellos, pero no en calidad de secuestrada, sencillamente días con amigos sin ser molestados. Esa será su posición y por favor les pidió que cerraran el caso. Tal como fue. La policía de cierto modo le agradeció esa decisión, ellos tienen mucho trabajo y ese era uno de ellos, que ya quedara en el archivo.

En la celebración que hubo esa noche, donde Héctor llegó con sus mejores platos, con dos mesoneros y un regalo para Andrea, aprovechó para acercarse a Margarita con quien conversó sobre su familia y la de él, que es viudo con dos hijos y un nieto.

Margarita no veía la razón para aquel interés de informarle sobre su vida, pero le agradó, es un buen hombre, exitoso, agradable y hasta bien parecido. Incluso le comentó que varias chicas jóvenes se acercaban, pero él no está para eso, sino para pasar su tiempo en paz, sin problemas y de tener un nuevo amor sería más serio, maduro y seguro.

Esas intimidades contadas esa noche, fue el momento más preciso para Héctor que buscaba la atención de Margarita una dama, agradable, elegante y seria, lo está logrando sutilmente.

CERRANDO CAPITULOS

Esa noche del regreso de Andrea comenzaron a cerrarse capítulos en las historias de esta familia Molero Pereira contando todavía con la tradición de mantener la silla ancestral, la del manto rojo colocado por la abuela para evitar se sentarán en ella y así cuidarla mucho más tal como ha sido hasta ese momento bajo el cuido de Margarita, la matrona en ese tiempo.

Adán está muy feliz con Marianela embarazada de tres meses, esperan su primer hijo. Cambió su modo de vida, decidió retirarse de la Joyería Marfil después de muchos años, agradeciendo el aprecio y respeto de sus dueños. Con las prestaciones y los ahorros logrados, compró un penthouse, decorado por ella gran decoradora de interiores y aquel fue un hermoso hogar. El apartamento donde vivía con Marianela, decidieron alquilarlo para no venderlo, dejarlo como legado para el bebe por llegar. Con la experiencia adquirida en el Marfil, Adán abrió un pequeño negocio de reparación y venta de relojes, su especialidad conservando los clientes de cuando trabajaba en la Joyería Marfil.

Roberto, el hijo mayor de los Molero Pereira, poco a poco tomó con más seriedad su trabajo en Papeca, prácticamente actuaba como su propietario con la seriedad y astucia para no solo mantenerla, sino pensando en montar una sucursal

169

en la segunda ciudad más grande y en eso estaba bajo la tutela de Margarita su madre y fundadora de ese negocio que les permitía darse una vida bastante holgada, nada que ver con aquellos días del pasado haciendo sacrificios para que sus tres hijos ni pasaran necesidad y pudieran estudiar en los mejores colegios considerando que es allí donde nacen las futuras relaciones sociales y económicas para la vida que emprenderán. En eso Margarita y Adán están claros y eso hicieron y han logrado que ellos obtengan base para defenderse en sus días por venir.

Su relación con Olivia fue solo eso, amistad sincera. Esta dedicado a tiempo completo a Papeca, pero soltero no se quedará. Solo espera que el destino intervenga y así lo hará de una manera que ni se imagina.

Héctor sigue buscando un acercamiento más que una amistad con Margarita, la mujer que ha decidido sea su pareja, pero ella sigue aferrada a sus hijos, su mansión y su empresa Papeca.

Entonces Héctor decide retirarse, planifica un viaje, con su hija mayor Carolina, recién graduada de economista y para celebrarlo visitaran varios países europeos que ella siempre ha deseado conocerlos.

La gira incluye países como Italia, Grecia, Alemania y Montecarlo, de regreso estar una semana en la bella ciudad de Rio de Janeiro. Es un mes para adquirir conocimientos y experiencias más para Carolina que para Héctor. Así lo hace y lo logra, ella viene con una visión más amplia de lo que quiere para su futuro y son muchas las ideas y posibilidades.

El viaje logró el objetivo de Héctor en su hija, pero también con Margarita que sienta su ausencia y lo extrañe.

En dos oportunidades lo llamó con la excusa de una pregunta sobre el trabajo que le hace en la decoración de las zapaterías aprovechando para preguntarle cuando regresa y allí Héctor le dice que si le hace falta, que si lo extraña, ella le responde que "algo", entonces regresare antes, le responde teniendo una sonrisa de felicidad que ella lógicamente, no lo ve.

A los 10 días regresan, Margarita y Andrea lo reciben en el aeropuerto, ella le tiene una cena de bienvenida con sus hijos Andrea y Roberto.

Al verse aquel abrazo de recibimiento fue un poco más que de bienvenida, ambos lo sintieron así y todo fue felicidad. Andrea lo saludo con cariño igual que a Carolina la linda hija recién graduada.

Del aeropuerto fueron directo a la casa de Margarita, es una cena para ellos cinco: Héctor, Margarita, Carolina, Andrea y Roberto. Será algo sencillo, entienden que ellos necesitan descansar luego de una intensa gira, pero esa cena es la excusa para ver a Héctor y a su vez, él verla a ella.

Roberto no estaba en casa en el momento de llegar, lo hizo como 15 minutos más tarde, estaba atrapado en la cola de choque de vehículos en la avenida.

Al entrar, vio a Carolina ubicada exactamente al frente de la puerta de la casa, al levantar la vista, él quedó con la mente en blanco, ¿era esa su casa? ¿conozco a esa chica?

Rápidamente su madre Margarita lo saca de ese limbo mental donde está. Hola madre, ¿todo bien? Lo dijo para no quedarse mudo con aquella chica tan linda y elegante. Si todo bien, le dice su madre, ven para que saludes a Héctor a quien conoce poco y su hija Carolina estrechándole la mano algo fría por la impresión al llegar.

A Carolina aquel joven alto de pelo negro y ojos azules, le pareció bello, y con su mejor sonrisa lo saludó sintiendo la mano temerosa de él.

La cena fue agradable, conversando sobre todo Carolina con las impresiones que le causaron los museos, plazas y teatro de todos esos países con otra cultura, otras costumbres y con gente no tan amable, pero su indiferencia es parte de su educación y costumbres.

Casi toda la noche, Carolina hablaba y hablaba, se veía nerviosa, mientras Roberto la miraba admirando su belleza, soltura al hablar y dueña de sí misma, sin nada de timidez.

En tanto las miradas entre Héctor y Margarita eran profundas, ya nada de indiferencia, de frialdad de parte de ella, con los ojos se comunicaban, ¿ya se aman? ¿la distancia le despertó a ella su corazón dormido? Todo parece indicar que así es, pero el momento con sus hijos allí, no se presta para nada más que el protocolo de rigor y así se despidieron con alegría sí y con respeto también, hasta el siguiente día cuando hablaran sobre las decoraciones en el nuevo centro comercial.

Roberto esa noche no durmió bien, aquella cara de Carolina la tenía fija en su mente, tenía que volverla a ver. Eso le confesó a su madre, Carolina lo impactó, le dice a Margarita, quien se alegró ya veía con preocupación que pasaban los años y él aún soltero. Le facilitó el lugar para verla, puede ser este en el restaurant de su padre, Campo Florido, en el centro comercial Costa Verde.

Al medio día, Roberto fue allí con el pretexto de almorzar los exquisitos platos de los que habla su mamá.

Héctor allí estaba, se saludaron con respeto, pero Carolina salió hace unos minutos para el centro comercial para ver como marchan las aperturas de las tiendas, todas montando sus decoraciones restando pocos días para la inauguración.

Será en otro momento cuando la vea, pensó Roberto, ya debía entrar a trabajar en Papeca.

Margarita recibe la llamada de Héctor, a las 6 se verán en el centro comercial para ver las decoraciones ya bastante adelantadas.

A las 6 cuando se despide de Roberto le dice que llegará tarde a casa estará en el centro comercial con Héctor para ver los trabajos de decoración que están casi listos, pero él debe aprobarlos antes de la inauguración.

Roberto se suma a esa visita al centro comercial, sigue a su mamá en el carro. Allí espera conseguir a Carolina, tiene que hablar con ella, conocerla, ojalá este con su papá, lo piensa y agradece así sea.

Hubo allí, dos encuentros emotivos, Héctor y Margarita que nuevamente se abrazan no tanto como amigos, pero disimulando frente a otros, y Roberto y Carolina quien está en una mesa con dos amigos, una pareja, y cuando ve que se acerca Roberto, se levanta, va su encuentro para informarle que su mamá está en el segundo piso en la zapatería para caballeros, pero él la saluda con un beso en la mejilla invitándola a conversar y tomarse unos cafés. Ella mira hacia atrás señalando a sus amigos, estoy con ellos, ¿te quieres unir?

Claro, responde de inmediato. Allí es presentado, son dos compañeros de la universidad y entre los tres hicieron la tesis en equipo. Roberto tomó parte y pronto se hicieron amigos permitiéndole acercarse a Carolina.

En tanto en el piso 2 están Héctor y Margarita, hablando muy serios sobre los detalles de la decoración diseñada por ella, cambiar un color de esa cinta, colocar otros espejos por este lado, cuando estando de espalda, Héctor la voltea y la besa, la separa la mira para ver su reacción, ella lo miro diciéndole "¿sabes lo que haces?" "Tengo 46 años y tres hijos", "eso lo sé, le responde, te amo desde el día cuando te vi con tu hija en el restaurant". Bueno, le dice ella, y le regresa el beso, que fue más intenso, más bello entre dos personas algo mayores sin parejas.

Desde ese momento se declararon parejas, novios, amantes, o lo que quieran, pero ellos unirán sus vidas buscando apoyo, compañía y un amor que a esa edad es seguro y comprensivo.

Aparece nuevamente la silla con manto rojo, como testigo de las nuevas vidas de Adán y Margarita se separaron a sus más de 40 años de vida, ella tenía 16 años cuando se casó con Adán con 19 años. Pasaron su juventud criando hijos, luego su madurez con otros dos, y ahora cada quién por su lado con nuevas parejas, nuevos inicios superando problemas familiares, unos más serios que otros y al final con una pareja o con otra seguirán teniendo problemas comunes con esos hijos que los unirá para siempre. Y esa silla, con ellos desde el inicio del árbol genealógico, pasando de una generación a otra. Luego le corresponderá a Andrea, por ser la hembra, luego a los hijos de ella, de Roberto, Julio y hasta de los de Marianela esposa de Adán y quien sabe hasta donde llegará esa cadena unida por una sencilla silla que nunca le ha faltado su capa roja.

Andrea y Roberto, daban por un hecho que Margarita y Héctor se unirían y así lo aceptaron ella al igual que su padre, tiene derecho a buscar su tranquilidad, su seguridad y un amor sereno, sincero y comprensivo.

¿Casarse? No cree Margarita sea necesario, basta que ellos quieran estar juntos y se amen, serán felices así para qué un papel que los ate inclusive al dejarse de amar. Por los momentos un matrimonio no lo desea, la compañía y el amor de Héctor si, eso es otra cosa.

Roberto con la mala experiencia con Marianela, tiene temor de enamorarse, debe conocer bien a Carolina antes de ilusionarse con ella, ¿le gusta? Si, y mucho, sin embargo, ira más lento, más seguro a pesar de creer que ella es la chica de sus sueños.

A partir de ese día conversando también con sus amigos, se inició una amistad sin saber cómo terminará y si ella gusta de Roberto que es un joven atractivo bueno para cualquier mujer. El tiempo lo dirá.

Héctor aún no ha escogido el nombre para el centro comercial, faltan 15 días para su apertura. Margarita preocupada le pregunta a Héctor quien le dice que lo pondrá como su nombre: "C.C. Margarita", ella le dio un no rotundo, eso no debe ser así Héctor, si deseas hacerlo más familiar ponle el nombre de tu esposa, la madre de Carolina, ¿cómo se llamaba ella?, ella se llamaba Francisca, le responde, pero además que ese nombre no parece bien para un centro comercial, ella ya no está con nosotros, está muerta, ¿entiendes?, ¿me entiendes Margarita? Entonces el mejor nombre es el de tu hermosa hija Carolina, no el mío, le dice Margarita, te lo digo sinceramente Héctor, el nombre debe ser el de ella, tu única hija y con bello nombre.

Por eso me gustas más, eres tan sincera y objetiva, te amo Margarita, le dice Héctor besándola en un lindo abrazo. Pues si se llamara Centro Comercial Carolina.

Así fue, con ese nombre 15 más tarde abrió sus puertas el centro comercial ubicado en el punto comercial más estratégico de la ciudad con sus 40 locales totalmente ocupados con Peluquería, boutiques, librería, farmacias, supermercados, ropa para caballeros, ropa para niños, zapatería para niños, venta de artefactos eléctricos, en fin, un poco de cada servicio para aquella pujante ciudad en vías de crecimiento.

Ese fin de semana, para celebrar la apertura del C. C. Carolina, en la mansión de Margarita hay una reunión con toda la familia Molero Pereira, sus otras parejas, hijos y algunos cercanos amigos.

Allí Roberto muy enamorado de Carolina y todo indicaba que ella también gustaba de él, en pleno baile con aquel conjunto musical que contrató Héctor, la beso apasionadamente llamando la atención de propios y extraños, nadie se esperaba eso de un Roberto tímido, precavido y respetuoso sobre todo con las damas, sorprendiendo a la misma Carolina, quien no por ser sorpresa dejo de corresponderle, ambos se miraron y nuevamente se besaron y los aplausos llegaron con gran intensidad, esos chicos se aman y punto.

Así avanza en su crecimiento la familia que comenzaron los bisabuelos de Margarita y Adán, allá por aquellos tiempos de guerras innecesarias, tiranías, petróleo y café, quienes adquirieron la silla que más tarde la abuela le hizo una manta roja en señal, de no usar, no sentarse, para no ser dañada y así fuera el emblema de los Pereira inicialmente y pasando a los Molero Pereira cuando Adán Molero y Margarita Pereira contrajeron matrimonio.

Todo poco a poco va mejorando entre ellos, la familia espera nuevos miembros, los hijos de Adán con Marianela, los de Roberto y Carolina, los que tendrán Andrea y tal vez Julio, así aquella silla con el manto rojo irá pasando de uno a otro y su vigencia será por otros años más

Han pasado unas pocas semanas, algo como dos meses y medio, Andrea con sus compañeros de clase, regresan de un paseo a la piscina del Club Comercio del cual ellos, sus padres, son miembros. Allí han pasado varias horas, uno de ellos Joaquín Aguilar, se siente atraído por Andrea, pero ese sentimiento no es reciproco, así solo pasan los ratos de diversión con sus amigos en común, a pesar de la insistencia de Joaquín para salir con ella.

En esa tarde, al llegar Andrea ya en casa viendo televisión, Margarita le dice que un amigo Ignacio, la busca, la espera en el porche de la casa.

¿Ignacio? Qué hace aquí se pregunta, ¿está loco? Baja rápido las escaleras y al llegar al porche, allí sentado de piernas cruzadas está el mismísimo Ignacio, con su cara muy fresca, nada le hicieron, ni tan siquiera fue sospechoso, nada de nada y ahí en su casa, ¿que buscará?

Oye, ¿qué haces aquí? Fue el recibimiento que le dio Andrea con una cara no de mucha alegría a pesar de que de todos fue él con quien más trató y la ayudaba en los casos necesarios, pero igual la mantuvieron encerrada por mucho tiempo. Y eso no es agradable para nadie.

Tranquila Andrea, sabes que nunca fue nuestra intención hacerte daño, te tratamos de la mejor manera que pudimos dada las circunstancias, le explicaba Ignacio, todos estamos muy agradecidos por no haber hablado, ni denunciarnos, eso fue muy bondadoso de tu parte, pero lamentablemente necesitamos que nos hagas un gran favor y ese esfuerzo para cumplir con la tesis para la universidad no haya sido en vano.

Andrea, chica buena gente, sin hacerle daño a nadie, le responde explícame eso de ayudarlos, solo para saber, pero no tengo ni la menor intención de ayudarlos.

Ignacio saca de su bolso, un sobre con una carta que se la entrega a ella, la toma la lee y a medida que va leyendo, abre más sus ojos, y de manera tajante le da un no rotundo, yo no puedo hacer eso, sencillamente no puedo, creo que ya hice mucho al no denunciarlos, ni decirle nada a mis padres. Eso fue un enorme favor y ahora ¿me piden esto? Regresándole la carta.

Ignacio le explica que todo el esfuerzo de ellos y la ayuda de ella, así como el sacrificio en esos días encerrada, todo, le enfatizó, se perderá, rechazarán la tesis y perdemos el semestre y con eso, a comenzar de nuevo con otro trabajo, más tiempo y dinero.

Esa es la realidad Andrea, le manifiesta con cara de preocupación al verla decidida a no seguir colaborando con ellos.

Buena chica, además que ellos no tuvieron malos tratos, al final de esos días, quedaron como amigos y por eso ella no los denunció, así que lo pensará y luego les responderá, acordaron verse al día siguiente porque la presencia de ella será en dos días, el jueves a las 2 de la tarde en el rectorado frente al jurado y las autoridades de la universidad.

Andrea pasó toda la noche pensativa, siendo las 4 de la madrugada, decidió consultar con Margarita, su madre en quien confía por su experiencia, sinceridad y sentido de justicia.

Margarita está despierta, ella es madrugadora y sale al jardín a regar y dar mantenimiento a sus hermosas violetas y girasoles.

Andrea con toda claridad y tratando de no olvidar ningún detalle, le narra los hechos de su secuestro que les trajo consecuencias a sus jóvenes captores y solo ella los puede sacar de la situación, no pierdan su trabajo y aprueben el semestre.

Margarita escucho muy atenta a su hija sorprendida por su entereza y seguridad frente a esos chicos que bien pudieron perjudicarla, pero según ella se comportaron con la caballerosidad del caso, terminando más como amigos y siendo ella misma quien les proporcionó su salida.

Así la historia del cautiverio de Andrea narrado por ella misma, su madre le opinó que está en sus manos esa decisión, sea cual sea, le agregó, ella la aceptará porque la protagonista de esa historia, de ese secuestro, es ella.

Esa misma narración de los hechos, lo dirá igual ante el jurado de esa tesis cumpliendo con su compromiso y su conciencia, le dice Margarita, pero está en ti decidir, y yo te apoyaré.

Andrea se siente más tranquila, va a su cuarto, medita una media hora y con su espíritu en paz y su conciencia también, apoyará a los chicos, acudirá a dar testimonio de lo sucedido incluyendo que fue ella quien planificó su final, la liberación después de casi un mes en cautiverio.

Esa será la repuesta, si le aceptan los chicos que diga la verdad sobre el final del encierro, ella confirmará todo tal como sucedieron los hechos.

Ignacio, José Luís y Pedro, se presentaron en la casa de Andrea, desean dar la cara, reconocer la valentía y buenos sentimientos de ella, y a su vez conocer a Margarita, su madre, otra gran persona y mujer.

A Margarita les pareció que aquellos chicos, son estudiantes con deseos de destacarse, decentes y con buena educación familiar, así que ese encuentro fue algo extraño, tratándose de unos secuestradores, pero fuera de serie, con fines positivos, quienes terminaron almorzando todos en casa de Andrea junto a su madre y al señor Héctor invitado especial por la señora de la casa y madre de la heroína Andrea.

El jueves a las 2 de la tarde, allí frente al jurado de la tesis de los chicos, se encontraba Andrea daría testimonio de todo el contenido de ese trabajo de investigación donde ella, sin saberlo en el momento, es la protagonista.

El jurado lo integran 5 profesores, 3 hombres, 2 mujeres, luego de escuchar la narración de los hechos de parte de Andrea, estando los tres jóvenes presentes, comenzó el careo con las preguntas capciosas de parte de dos de los profesores.

En ningún momento Andrea se contradijo, hablaba con la verdad y la verdad solo tiene un camino y así lo decidieron esos dos miembros del jurado, dando al final el visto bueno a la tesis, resultando como uno de los tres mejores trabajos presentados por el resto de los 30 estudiantes de ese semestre.

Al escuchar el veredicto, los tres chicos, se abrazaron con Andrea y la tesis fue dedicada a ella, terminando los cuatro co2mo los mejores amigos y muy sinceros, siendo Ignacio el más cercano a ella y quien más tarde le expresará sus verdaderos sentimientos.

En ese almuerzo improvisado en casa de Andrea, donde tomó parte el señor Héctor Romero y los 3 jóvenes, Margarita aceptó su relación con el dueño del Centro Comercial, donde ella participó como decoradora, es decir al caballero Héctor quien sin disimular su alegría la beso frente a todos ellos y todos ellos los aplaudieron con gran entusiasmo. Fue un bonito encuentro, un memorable momento por dos importantes motivos.

La silla, siempre la silla con el manto rojo, sumando otro evento más en la familia que por los apellidos de sus hijos, sigue siendo los Molero Pereira.

Poco a poco, todo mejoraba en la mansión de Margarita y en la familia que crecía con nuevas uniones, nuevos hijos y nuevas amistades.

Sus dos hijos Roberto y Andrea aún bajo su techo llenaban el vacío que dejó Julio, de quien poco se sabía, y ella Margarita, al fin madre preocupada por él decidió junto a Héctor, quien ya es su compañero inseparable, buscarlo, saber dónde está, qué hace y cuáles son sus intenciones.

Héctor, conversa con algunos comerciantes de la zona donde se reunían esos chicos seguidores de Jesús y del Arcángel San Miguel, sin mayores resultados, todos los consultados coincidieron que no eran drogadictos, ni delincuentes, se dedican a pedir colaboraciones para ellos mientras hablan sobre las enseñanzas de Jesús e invitan a seguirlos.

¿Hacia dónde se fueron? Nadie suministró información, ellos en esos momentos, eran unos 50 jóvenes, tal vez ya son más, pero sin saber qué lugar escogieron para instalarse, no se sabe dónde están.

Héctor por alegrar a su amada Margarita, no cesa en buscar información sobre esos chicos, varones y hembras que han dejado sus hogares, a su familia, que sueñan con un mundo y un país en paz, con igualdad de condiciones sin ver la raza, el color de su piel, su idioma, todo somos humanos que al final moriremos y solo con la esperanza de una resurrección caminan ese sueño, que hasta hoy es solo un sueño.

En ese hogar de la silla con el manto rojo solo faltaba Julio, saber de él para lograr la paz, estabilidad y armonía en donde los Molero Pereira, quienes han venido superando problema, tras problema, incluyendo divorcios, secuestro, amnesia, depresión y ahora la ausencia del segundo hijo varón algo taciturno, callado y solitario como desde pequeño se ha mostrado Julio.

A su búsqueda se ha sumado Roberto, Adán su padre y la misma Margarita acompañando a su nueva pareja el señor Héctor Romero quien uno más en esta misión de saber el paradero de Julio.

En medio de esta tarea emprendida por todos, Marianela presenta principio de aborto, tiene un sangrado, se encuentra sola en su nueva casa, Adán está en la tarea de rescate por Julio recibiendo la llamada de su esposa y él se encuentra a dos horas de la casa, llama al 911 en solicitud de auxilio, explica la situación, su esposa está sola va en camino pero muy lejos y en fin da todos los detalles, llegan los paramédicos, efectivamente la joven esposa de Adán está en proceso de aborto, ella llora desconsoladamente, no quiere perder al bebe y hacen todo lo posible con las primeras atenciones, pero van rumbo al hospital donde la esperan, aún no ha sido abortado, cuando llegan a la Clínica Central, la recibe el ginecólogo de turno, Jacinto Pérez, hace lo propio en estos casos y solo queda esperar.

A los minutos llegan todos los Molero Pereira, así son ellos, en las dificultades van unidos, esperan noticias, Adán con los nervios de punta, camina de un lado al otro, suda copiosamente, creen tiene la tensión alta, lo hacen revisar por le doctora de guardia Coromoto Suarez, efectivamente tiene una crisis, la tensión en 18 – 12 recibiendo atención y pronto la superará.

A las 4 horas de esperar el doctor Pérez, les informa que él bebe está bien, el aborto ha sido superado, pero Marianela debe guarda estricto reposo para 15 días y luego hacerle otro examen para asegurar la total normalidad.

La unión de estos Molero Pereira es parte de su cultura y costumbres y es tanta, que Margarita se ofreció cuidarla en su casa en esos 15 días mientras Adán está en el trabajo atendiendo su nuevo negocio. Es un nuevo Molero que viene al mundo, porque será un varón conservando el apellido que tanto cuidan desde sus ancestros.

Tanto Adán, como Marianela aceptan, ella es ubicada en un cuarto para huéspedes aledaño al de Andrea. Cuenta con cama matrimonial y todo lo necesario, incluso su propio baño con Vestier.

¿Eso será posible en una familia cualquiera, es decir la ex esposa acepta a la nueva esposa de su marido en su casa, tal como lo está haciendo Margarita?

La respuesta es un "no", eso no sucede normalmente, de allí la admiración hacía ella, el respeto que se gana y el ejemplo para toda su familia.

Mientras en esos menesteres están con Marianela, Héctor aprovecho esos dos días para buscar a Julio en su empeño de darle un poco de felicidad como madre a su amada Margarita.

Aún no tiene nada seguro, pero el papá de otro de esos chicos en su rol de religiosos, le informó que ellos están en una playa solitaria cerca de la costa azul que así la llaman por el bello color que tiene el agua en horas de la tarde.

Esa playa queda tres horas de la ciudad, invita a Margarita y a Roberto, Andrea se quedará cuidando a Marianela mientras Adán está atendiendo el negocio.

En la lujosa camioneta de Héctor van los 3 rumbo a ese paseo hacía la orilla del Mar Caribe donde les han dicho allí están esos chicos estudiando y alabando las palabras de Jesús con la protección del arcángel San Miguel.

En el largo trayecto, Héctor aprovecha la presencia de Roberto, el hijo mayor a fin de convencer a Margarita acepte el matrimonio que él le está ofreciendo. Ella ya no cree en papeles firmados, esos nada aseguran, pero si pueden traer problemas a la hora de un divorcio y la separación de bienes y riquezas. En pocas palabras, ella no cree en eso, ni le da importancia. Estarán juntos en tanto se amen, se respeten y lo deseen. Para eso los papeles están demás, son innecesarios.

Roberto entiende a su madre y acepta su decisión, en tanto Héctor, le toma la mano, la mira, así será mi bella esposa, reafirmando que con papeles o sin ellos, serán marido y mujer.

Preguntando a lo largo de esa carretera sobre el grupo de jóvenes religiosos, se van acercando al lugar, cada vez están más cerca del mar y desde donde ellos están a unos tres metros de su orilla, van viajando con el mar a su lado, lugar hermoso, tal vez no es apropiado bañarse allí, pero es un paisaje refrescante, sereno, inspirador.

Los tres en silencio observan aquel paisaje convirtiendo la búsqueda en un descanso a la vista, a cualquier inquietud en sus vidas, realmente esa ruta los lleva a un lugar especial donde supuestamente esta Julio, el callado y solitario Julio.

Esa ruta a orilla del mar fue un placer recorrerlo, han sido unos 30 minutos y en ese instante, desde lejos aparecen muchas matas de palmas de coco, al fondo el inmenso mar, están cerca, van llegando al apartado retiro de estos jóvenes que han tomado el camino de Jesús, seguir y cumplir sus palabras, su ejemplo y siendo así, dignos de admiración, ellos estarían felices haya sido el refugio, el destino que Julio buscaba y lo aceptaran dando gracias por ello.

Poco a poco en la camioneta van cuesta abajo, al final están ellos, se ven las carpas son unas 20, chicos caminando, otros sentados en grupo de 5 o 6, otros sencillamente bañándose o sentados en la orilla.

Al llegar, sin tocar corneta, se bajan, Roberto camina hacia ellos, Héctor y Margarita lo siguen, en la primera carpa que consiguen, saludan de buena y grata manera, preguntan por Julio Molero, indicándole que está dentro de la playa, celebrando.

Celebrando ¿qué? Pregunta Margarita, que esta mañana fue bautizado y recibió la bendición de Nuestro Señor Jesucristo, le respondió una chica morena con clinejas en su pelo luciendo muy linda, muy fresca y feliz.

Ellos tres se miraron, Julio es feliz dice Roberto, eso me alegra mucho, gracias a Dios dijo Margarita. Dan las gracias a esos chicos y salen en busca de él caminando hacia la playa, buscando la mejor parte de la orilla con cientos, o miles de medios caracoles y piedras de mar.

Julio desde la playa, los ve, los saluda con una alegría en su cara que nunca le habían visto, aquello fue una revelación para su madre y su hermano, él siempre tan melancólico, tan solitario, que verlo allí alegre, en la playa, se abrazaron madre e hijo y Héctor quien no lo conocía, solo dijo lo feliz que se veía.

Julio, al acercarse a la orilla apresuró su pasó, quería abrazar a su madre, a su hermano y así lo hizo, los tres lloraron de felicidad, mientras Héctor observaba aquella escena tan bella, tan amorosa de una familia, que sus ojos se aguaron, no se ha equivocado al escoger a Margarita como su pareja.

¿Cómo llegaron?, y ¿cómo sabían estaba aquí? ¿Todo bien en casa? Si todo bien en casa, le responde Margarita, solo deseamos saber ¿si estás bien, si eres feliz y quienes son todos estos chicos que están aquí?

¿Quieren saber?, que bueno, vengan conmigo, allí su madre le dice Julio mijo, él es Héctor un buen amigo, mi pareja, respondiendo que se alegraba, me encanta no estes sola madre.

Continuaron hacia una de las carpas y fue presentando a todos, uno por uno, y luego de ese caminar estrechando la mano de unos 150 jóvenes, los llevó a su carpa, les ofreció café y unas galletas, profundizando un poco en las razones que lo llevaron allí, su alegría por haber recibido a Jesús en su vida y la felicidad de ser aceptado por ellos, su familia, abrazando y besando nuevamente a su madre y hermano con quienes era frío y poco comunicativo.

Margarita y Roberto no salían de su impresión en el cambio radical, mejor dicho, la transformación en su personalidad de ese chico taciturno siempre encerrado en su cuarto.

Ese grupo está integrado por jóvenes inconformes con la sociedad, otros por frustración personal y así casi todos rechazan leyes, normas, exigencias y demás que impiden la felicidad, la libertad de hombre, del ser humano. Saben, agrega Julio en su explicación, que ellos no cambiaran al mundo, ellos buscan su propio cambio, su libertad que solo se consigue siguiendo, imitando y conociendo las enseñanzas de Jesús recibiendo así la protección del arcángel San Miguel.

En cuanto a su futuro, respondiendo la pregunta de su hermano Rob2erto, Julio le explica que entre sus proyectos está abrir talleres de mecánica, carpintería, costureros, electricidad, herrería, dar formación a la juventud con plena libertad para ejercer cuando lo deseen y hasta emprender en cualquier empresa buscando su futuro, pero en medio de todo eso se busca que las nuevas generaciones entiendan la palabra de Jesús, lo imitemos en nuestros sentimientos sin ira, envidia, rencor, radia y demás, deseamos formar a una nueva juventud y por eso hacemos meditación, platicas, encuentros en otros lugares, así somos felices madre, mirando a Margarita quien le responde con un "te amo" y beso.

Al despedirse Margarita le dice que solo quiere saber que él está bien, sin dificultades y mantengan el contacto como madre e hijo.

Claro, le responde Julio, me encantó verlos, saber que están bien y felices al conocer que Roberto consiguió el amor de su vida, que Margarita tiene una nueva pareja, que Andrea apareció sana y salva y que Adán, su padre tendrá un nuevo hijo con su esposa Marianela, en fin, que los Molero Pereira, van viento en popa, superando el día a día, cerrando y abriendo nuevos capitulo en el transcurrir del tiempo.

De regreso, en la camioneta van los tres muy callados, observando nuevamente la orilla de aquel mar hermoso, y reflexionando en el cambio radical de Julio el menor de los hijos y el más tímido y reservado quien ahora es un guía espiritual siguiendo y cumpliendo la palabra de Jesús.

De pronto en la camioneta, Héctor rompe el silencio, "yo nunca fui religioso", sorprendiéndolos, les dijo con su voz fuerte, agregando, que sus padres fueron de visita diaria a la iglesia, su papá era un fiel contribuyente con el sacerdote de esa Iglesia la San Judas Tadeo, al caer enfermo ya a la edad de los 80 años, muriendo pidió los santos sacramentos, es decir la extremaunción, quería morir en paz con Dios y el mundo. Mi hermano, fue entonces a la Iglesia San Judas Tadeo solicitando al sacerdote fuera a la casa a cumplir la última voluntad de mi padre, el fiel y creyente cristiano. Para asistir al cumplimiento de ese sacramento y última voluntad de un cristiano, pidió una alta suma de dinero, que en ese momento en la casa no la había. Se negó a ir y mi padre murió sin recibir el sagrado sacramento. Desde ese día, mis hermanos y yo, que fuimos 12, dejamos de creer en curas o sacerdotes y por consecuencia en la iglesia.

Al terminar, a Héctor le corrieron lágrimas por sus mejillas, que Margarita le secó, abrazó y le apretó la mano en señal de apoyo y comprensión.

Héctor la miró, diciendo que desde ese entonces él no entró más a una iglesia, ni creyó en palabras de curas o sacerdotes, pero ahora que escuché a Julio, tu hijo, parece que mi alma dio un vuelco, quiero creer en Dios, en Jesús, porque hay muchos curas malos como ese supuestamente amigo de mi padre, pero es otra cosa las enseñanzas y el ejemplo de Jesús como lo dice y cree tu hijo.

Margarita, en ese momento entendió que amaba a aquel hombre, es bueno, con nobles sentimientos y lo abrazó sinceramente y Roberto solo miraba aquella escena donde entendió que había entrado en ellos la palabra del Señor, de Jesús, gracias al ejemplo de Julio y sus sinceras reflexiones.

Desde ese momento el viaje de regreso fue con una extraña y bonita paz, alegría interior y un amor que de repente entendió su madre Margarita.

Para bien y con las palabras de Julio, despertaron en los Molero Pereira, una familiaridad entendida de otra manera no importa las circunstancias por donde te lleve la vida, lo importante es mantener la fe, la seguridad y la esperanza que todo pasa, todo tiene su momento y fin teniendo que prevalecer el amor, el entendimiento como seres humanos con nuestras virtudes y defectos.

Así con alegría, con amor expresada en los ojos y en el corazón de los tres viajeros: Margarita, Roberto y Héctor llegaron a la residencia de los Molero Pereira donde ya se encontraban Adán y su esposa Marianela mostrando su embarazo de cuatro meses, Andrea y Carolina hija de Héctor y novia del mayor de los hijos Roberto, que belleza de espectáculo familiar frente a la silla del manto rojo, su emblema, su sentir, su historia en ese símbolo que significa la importancia de la tradición, el correr por sus venas la misma sangre de unos antepasados que dejaron huella en ellos, hasta ahora la quinta generación marcada también en la historia de un país que vio guerras, dictaduras, el brote de la tierra del petróleo, epidemias todas superadas, novedosos inventos y en fin esa silla con el manto rojo prevalecerá siempre en las generaciones venideras de sangre Molero, de sangre Pereira, pero siempre marcando el destino de generaciones históricas.

www.ingramcontent.com/pod-product-compliance
Lightning Source LLC
Chambersburg PA
CBHW051138020726
47501CB00005B/1560